James Joyce e seus tradutores

Dirce Waltrick do Amarante

James Joyce e seus tradutores

ILUMINURAS

Capa
Eder Cardoso / Iluminuras
Foto (1904): James Joyce aos 22 anos. Cortesia de C.P. Curran Collection,
Yale University, The Beinecke Rare Book and Manuscript Library

Revisão
Júlio César Ramos

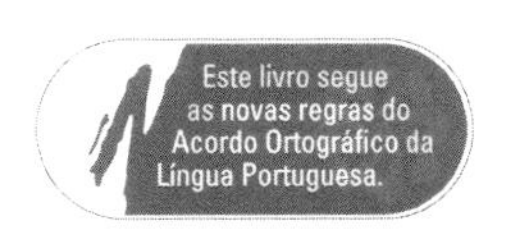

CIP - BRASIL. CATALOGAÇÃO NA FONTE
SINDICATO NACIONAL DOS EDITORES DE LIVROS, RJ

A52j

Amarante, Dirce Waltrick do
James Joyce e seus tradutores / Dirce Waltrick do Amarante. – 1. ed. – São Paulo : Iluminuras, 2015
112 p.

ISBN 978-85-7321-483-3

1. Joyce, James, 1882-1941- Crítica e interpretação. 2. Literatura irlandesa - História e crítica. I. Título.
15-24942 CDD: 828.99153
CDU: 821.111(415)-3

2023
EDITORA ILUMINURAS LTDA.
Rua Salvador Corrêa, 119 - 04109-070 - São Paulo - SP - Brasil
Tel./Fax: 55 11 3031-6161
iluminuras@iluminuras.com.br
www.iluminuras.com.br

Para Donaldo Schüler e
para Fritz Senn, pelo diálogo constante.

SUMÁRIO

APRESENTAÇÃO

Estes ensaios não procuram abordar a obra de James Joyce, mas alguns livros desse autor sobre os quais tenho me debruçado nos últimos anos. Alguns são inéditos, outros foram publicados em revistas e jornais e saem agora modificados. Eles testemunham meu interesse pelas criações mais revolucionárias do escritor irlandês, também por seus ensaios e artigos políticos e pelas criações devotadas às crianças, certamente o aspecto menos conhecido da sua produção literária.

Considerar com a mesma atenção um texto tão intrincado quanto *Finnegans Wake* e um conto breve como "O gato e o diabo", escrito para um menino de quatro anos, foi a estratégia que adotei nesta coletânea, que alterna artigos leves com ensaios longos e mais exaustivos. Assim, a visão que busco oferecer da obra de Joyce parte de *Ulisses* para, passando por *Finnegans Wake*, chegar à literatura infantil do escritor. Tanto na sua produção para adultos quanto na sua produção para crianças, o posicionamento político de Joyce é, segundo defendo, um dado relevante; por isso, busco destacá-lo e estudá-lo aqui. Ou seja, o posicionamento político de James Joyce, um assunto nem sempre tratado no Brasil com o devido cuidado, é, a meu ver, uma chave privilegiada para se avaliar a verdadeira dimensão da sua complexa realização artística. A noção de "civilização irlandesa", por exemplo, tão central nos grandes romances do autor, aparece também no conto infantil mencionado e é analisada por Joyce nos apaixonados ensaios que escreveu sobre a história da sua terra natal.

Considerado difícil, e com razão, o romance *Ulisses* deu origem, no entanto, a uma alegre celebração anual que, surgida na Europa, se espalhou nos últimos anos por vários países, inclusive o Brasil: especialistas, artistas e leitores se reúnem para cultuar o Dia de Bloom, ou Bloomsday, referência ao protagonista do romance e à sua odisseia pelas ruas de Dublin, em 16 de junho de 1904. Um fato nada irrelevante, para qualquer um que se proponha a estudar Joyce: as páginas mais densas da literatura desse escritor são capazes de estimular comportamentos lúdicos nos leitores.

Convencida de que essa dimensão jovial e irreverente da obra de Joyce deve ser sempre valorizada, e não apenas no Bloomsday, tenho defendido a tese (que está presente, aliás, em vários dos ensaios aqui reunidos) de que *Finnegans Wake*, o romance mais obscuro de toda a literatura universal, pode e deve ser lido, numa primeira aproximação, de uma maneira antes de tudo "performática", ou brincalhona. Os vários aspectos do livro — o sonoro, o mítico, o onírico, o político — poderão assim se revelar mais facilmente ao leitor que busca saborosas aventuras estéticas e espirituais.

Estes ensaios, por tudo isso, não se dirigem ao especialista, mas aos novos leitores que, movidos pela curiosidade e pela intuição, desejam, ao ler Joyce, usufruir o prazer do texto.

Dirce Waltrick do Amarante
Florianópolis, junho de 2015

OS *ULISSES* BRASILEIROS

Ulisses (1922), de James Joyce (1882-1941), descreve pouco mais de 17 horas na vida de pessoas comuns, entre as quais se destacam Leopold Bloom, coletor de anúncios para jornal, sua mulher Marion (Molly) Bloom e o intelectual Stephen Dedalus, que sonham, conversam, filosofam, bebem, deliram e praticam atos escatológicos, em Dublin, Irlanda. O tema parece trivial, mas há que se lembrar que, como afirma Ezra Pound, as personagens de Joyce não somente falam uma língua própria como também pensam sua própria linguagem.

Em 1922, o escritor irlandês George Moore, numa espécie de repulsa à obra de seu conterrâneo, teria comentado com um amigo: "Alguém recentemente me mandou um exemplar de *Ulisses*. Disseram-me que eu o tenho que ler, mas como se pode ler um troço desses?". Prosseguiu: "*Ulisses* não tem jeito, é absurdo imaginar que se possa atingir qualquer fim bom tentando registrar cada pensamento e cada sensação de um ser humano".[1]

Ulisses é, ainda hoje, a meu ver, exatamente o que o poeta irlandês William Butler Yeats afirmou dele no século passado: "uma coisa inteiramente nova — nem o que o olho vê nem o que o ouvido ouve, mas o que a mente errante pensa e imagina, de momento em momento".[2]

Se ler *Ulisses* é uma tarefa árdua, traduzi-lo é uma possibilidade para bem poucos. No Brasil, contamos com três traduções do romance. A tradução pioneira de *Ulisses*, publicada em 1966, foi assinada por Antônio Houaiss; em 2005, a editora Objetiva publicou uma nova versão

[1] Ellmann, Richard. *James Joyce*. Rio de Janeiro: Globo, 1989, p. 652.

[2] Ibid., p. 653.

da epopeia joyciana, de autoria de Bernardina da Silveira Pinheiro; e, em 2012, ano em que a obra de Joyce caiu em domínio público, a Companhia das Letras lançou a terceira tradução de *Ulysses* (com y), assinada por Caetano Waldrigues Galindo.

A frase inicial de *Ulisses*, em princípio bastante clara, dá o tom da tradução de Houaiss, Pinheiro e Galindo. A tradução de Houaiss tem um tom austero e imponente: "Sobranceiro, fornido, Buck Mulligan vinha do alto da escada, com um vaso de barbear, sobre o qual se cruzavam um espelho e uma navalha. Seu roupão amarelo, desatado, se enfunava por trás à doce brisa da manhã".

Já Bernardina Pinheiro, numa tradução mais literal, mantém a coloquialismo da frase joyciana: "Majestoso, o gorducho Buck Mulligan apareceu no topo da escada, trazendo na mão uma tigela com espuma sobre a qual repousavam, cruzados, um espelho e uma navalha de barba. Um penhoar amarelo, desamarrado, flutuando suavemente atrás dele no ar fresco da manhã". Embora Bernardina se aproxime mais de Joyce do que Houaiss, não deixa de causar um certo estranhamento ver o imponente Buck Mulligan usando um "penhoar" em vez de um roupão, como parece ter proposto o romancista irlandês.

Galindo enfatiza o coloquialismo e o aspecto sagrado do trecho ao empregar a palavra "cíngulo", cordão que integra a vestimenta dos sacerdotes — esse termo "técnico" não foi usado pelos tradutores anteriores: "Solene, o roliço Buck Mulligan surgiu no alto da escada, portando uma vasilha de espuma em que cruzados repousavam espelho e navalha. Um roupão amarelo, com cíngulo solto, era delicadamente sustentado atrás dele pelo doce ar da manhã".

Quanto ao aspecto sagrado do fragmento, a vasilha de Buck Mulligan representaria o cálice religioso, e o alto da escada, os degraus do altar. A navalha indicaria, porém, a matança, associando o "padre" ao açougueiro. Joyce usa ainda a palavra "*ungirdled*", que não é apenas "desamarrado", mas refere-se a "*girdle*", uma cinta sacerdotal, o cíngulo, do qual já falei. Segundo Don Gifford, em *Ulysses Annotated*, "*ungirdled*" sugere a violação do voto de castidade por parte do sacerdote.

Vejamos melhor a questão do coloquialismo, que distingue a tradução mais recente, que parece ser a mais lida, atualmente. No tocante a isso, na tentativa de manter a oralidade das frases joycianas, Galindo, ao contrário dos outros tradutores, faz um uso muito mais abundante de gírias, como em "Eu estava sofrendo o diabo" (p. 226), no lugar de "*I was in mortal agony*" (p. 101),[3] ou em "Maluco o tanto de alfinetes que elas sempre têm" (p. 195), no lugar de "*Queer the number of the pins they always have*" (p. 78), e assim por diante, ao longo da sua tradução. Se, por um lado, essa escolha aproximaria o texto do leitor contemporâneo, por outro lado, é uma opção que pode tornar a tradução datada, fazendo com que ela corra o risco de envelhecer muito rapidamente.

Além disso, para manter o coloquialismo, traço que estou destacando, Galindo lança mão do uso de diminutivos, o que me parece ser uma aposta perigosa, pois pode produzir um tipo de prosa infantilizada, que não é bem, a meu ver, a joyciana, que não faz uso tão intenso desse procedimento: "Ai do coitadinho que olhar torto para ele" (p. 229) ("*Woe betide anyone that looks crooked at him*" (p. 103); "Trabalhinho cansativo" (p. 230) ("*Tiresome kind of a job*" (p. 104); "Esse cemitério é um lugarzinho traiçoeiro" (p. 231) ("*This cemetery is a treacherous place* (p. 105); "— Começo de *delirium tremens*. Casinho triste" (p. 261) ("— *Incipient jigs. Sad case*" (p. 127); "[...] o vestido daquela coitadinha está um trapo" (p. 292) ("[...] *that poor child's dress is in flitters*" (p. 152); "Funciona tudo direitinho" (p. 295) ("It all works out" (p.

[3] O original de *Ulysses* consultado é: JOYCE, James. *Ulysses*. Nova York: Random House, 2002.

154); "O coitadinho do maridinho ficou com os pezinhos gelados de esperar tanto assim?" (p. 677) ("*Has poor little hubby cold feet waiting so long?*" (p. 439)". Na página 334 da tradução de Galindo, o leitor se depara com uma sucessão de diminutivos (cinco ao todo), o que me parece dar o tom da sua concepção de escrita coloquial. Só para mencionar um último exemplo, lê-se na página 557: "Edy Boardman se orgulhava de ser muito *mignonne* mas ela nunca teve um pezinho como o de Gerty Mac Dowell, tamanho cinco [...]" ("*Edy Boardman prided herself that she was very petite but never had a foot like Gerty MacDowell, a five* [...]"(p. 350).

A tradução de Galindo tem ainda outras características próprias. Uma delas diz respeito ao uso das vírgulas e do hífen. Joyce não gostava de vírgulas nem de hifens e os dispensava quando podia. O primeiro trecho na tradução de Galindo, com apenas quatro vírgulas, o mesmo número utilizado por Joyce, parece mais joyciana do que o de seus antecessores, que utilizaram duas vírgulas a mais. Esse cuidado com a pontuação foi uma preocupação de Galindo ao longo de sua tradução.

O fato é que a tradução de Caetano Galindo caiu no gosto dos leitores, parece-me, o que faz ela, nesse aspecto, ser bem-sucedida, já que um dos objetivos da tradução é aproximar determinado escritor do falante de outras línguas. E criar leitores de *Ulisses* é sempre um trabalho árduo.

De um fragmento relativamente claro de *Ulisses*, passo ao episódio que talvez dê mais dores de cabeça aos tradutores, "Gado do sol". Joyce falava com entusiasmo desse capítulo do romance: "Estou trabalhando duro no *Gado do sol* [...]. Técnica: episódio de nove partes sem divisões apresentado por um prelúdio salustiano-tacitiano (o óvulo não fertilizado), depois através de inglês antigo aliterativo e monossilábico e anglo-saxão [...], então no 'estilo crônica' elisabetano", depois uma passagem solene ao estilo de Milton, um estilo diário e assim por diante até desembocar numa "assustadora mistura de inglês *pidgin*, inglês negro, *cockney*, irlandês, gíria Bowery e versos de pé-quebrado".[4]

Joyce declarou ter trabalhado cerca de mil horas nesse episódio. Não se sabe quanto tempo os tradutores levaram para vertê-lo para o português, mas, sem dúvida nenhuma, é uma tradução que precisa de técnica e talento musical.

Assim começa "Gado do sol", no original:

> *Deshil Holles Eamus. Deshil Holles Eamus. Deshil Holles Eamus. Send us, bright one, light one, Hornhorn, quickening and wombfruit. Send us, bright one, light one, Hornhorn, quickening and wombfruit. Send us, bright one, light one, Hornhorn, quickening and wombfruit. Hoopsa, boyaboy, hoopsa! Hoopsa, boyaboy, hoopsa! Hoopsa, boyaboy, hoopsa.*

Na versão de Galindo, lê-se:

> Deshil Holles Eamus. Deshil Holles Eamus. Deshil Holles Eamus. Dai-nos, leve, luzente, Horhorn, fertilidade e frútero. Dai-nos, leve, luzente, Horhorn, fertilidade e frútero. Dai-nos, leve, luzente, Horhorn, fertilidade e frútero. Upa, meninim, upa! Upa, meninim, upa! Upa, meninim, upa.

Na tradução de Houaiss temos:

> Deshil Holles Eamus. Deshil Holles Eamus. Deshil Holles Eamus. Envia-nos, ó brilhante, ó iluminado, Hornhorn, vivificamento e uterifruto. Envia-nos, ó brilhante, ó iluminado, Hornhorn, vivificamento e uterifruto. Envia-nos, ó brilhante, ó iluminado, Hornhorn, vivificamento e uterifruto. Upa, machimacho, upa! Upa, machimacho, upa! Upa, machimacho, upa!

Eis a versão de Bernardina:

> Deshil Holles Eamus. Deshil Holles Eamus. Deshil Holles Eamus. Mande-nos deus da luz, iluminado, Horhorn, fecundação e fruto-do-ventre. Mande-nos deus da luz, iluminado, Horhorn, fecundação e fruto-do-ventre. Mande-nos deus da luz, iluminado, Horhorn, fecundação e fruto-do-ventre. Hurra

[4] Ellmann, op. cit., p. 588.

meninoummenino hurra! Hurra meninoummenino hurra! Hurra meninoummenino hurra!

Segundo Don Gifford, "*Hoopsa, boyaboy, hoopsa*" é "o grito com o qual a parteira comemora o nascimento de uma criança do sexo masculino [...]".

Caetano Galindo traduz "*boyaboy*" por "mininim", mais uma vez optando por usar um diminutivo para ressaltar o aspecto oral e coloquial da frase.

Bernardina traduz literalmente a expressão "*boyaboy*" como "meninoummenino". Já Houaiss destaca a importância do nascimento de uma criança do sexo masculino, traduzindo "*boyaboy*" como "machimacho".

São três propostas muito distintas para um mesmo texto intrincado. Caberá ao leitor decidir qual delas lhe agrada mais.

Não poderia falar de *Ulisses* sem mencionar o longo monólogo final de Molly Bloom. T. S. Eliot se indagava: "Como é que alguém podia voltar a escrever depois de conseguir aquele imenso prodígio do último capítulo?".[5]

Segundo Joyce: "Penélope é o *clou* (ponto crucial) do livro. A primeira frase tem 2.500 palavras. Há oito frases[6] no episódio. Ela começa e acaba com a palavra feminina *sim* [...] embora mais obsceno do que qualquer outro episódio precedente [...]".[7]

Quanto aos aspectos obscenos do monólogo, Bernardina parece optar por uma tradução mais explícita das cenas (traduz, por exemplo, *nose* por peru, embora implicitamente o nariz indicasse o pênis), enquanto Houaiss e Galindo optam por uma solução mais velada e, parece-me, mais próxima da de Joyce.

Eis um fragmento do monólogo de Molly Bloom por Bernardina: "[...] eu sei o que os rapazes sentem com aquela

[5] Ibid., p. 650.
[6] O monólogo possui oito trechos (*sentences*) no sentido musical do termo.
[7] Ibid., p. 619.

penugem em seu rosto se masturbando e esticando aquela coisa [...]".

Já na versão de Houaiss, lemos: "[...] eu sei o que os rapazes sentem com isso pela cara deles fazendo aquela esfregação insofrida na coisa [...]".

Na tradução de Galindo, temos: "[...] eu sei o que os garotos sentem com aquela penugem no rosto com aquela maldita mania de sacar aquele negócio pra fora".

Novamente, três soluções muito diferentes, sobretudo no tom, para a mesma cena original.

Como afirmava Ezra Pound, *Ulisses* é, definitivamente, um acréscimo ao acervo internacional de técnicas literárias. Na opinião de T. S. Eliot, a complexidade do livro reside sobretudo em seus meios. Para Joyce, *Ulisses* reunia as melhores palavras possíveis (inglês) com o melhor tema possível (irlandês).

É interessante pensar que hoje a tradução de Bernardina ficou obscurecida entre as traduções de Houaiss e de Galindo. Estranho, já que pode ser considerada tão relevante quanto as demais e, diria, no tocante ao monólogo final, é um exemplo de uma tradução bem-sucedida em muitos planos. Além disso, vem acompanhada de extensas notas da tradutora sobre o livro, diferindo, nesse aspecto, daquelas de Antônio Houaiss e de Caetano Galindo.

ULISSES, UMA PARÓDIA DA *ODISSEIA*?

Num ensaio intitulado "Retorno", Jean-François Lyotard faz uma reflexão sobre as relações que poderia haver entre a *Odisseia*, de Homero, e o romance *Ulisses*, de James Joyce.

Lyotard inicia seu ensaio lembrando que, na *Odisseia*, o cão Argos, a ama Euriclea e até mesmo a fiel esposa Penélope reconhecem o herói Ulisses por "indícios da carne": cheiro, cicatriz, sexo. O único personagem que reconhece seu pai pelo nome é Telêmaco: "somente para Telêmaco basta a palavra do seu pai quando este se declara Ulisses. A voz nominativa é indício suficiente".[1]

"Alguns milênios depois", afirma Lyotard, "somos os filhos da *Odisseia*. A palavra tem que bastar. Joyce intitula um livro *Ulisses*, estamos em Ítaca, nosso pai regressou. E Joyce se lança em seu pequeno relato de viagem. Revela em segredo que cada um dos dezoito episódios de seu relato tem, com efeito, o nome de um périplo homérico".[2]

Mas o próprio nome do livro se deformou, pois o pai grego era chamado *Odisseus*; já *Ulisses* é sua derivação latina. Desse modo, diz Lyotard, "o nome do livro se transformou ao atravessar duas culturas, dois mundos".[3] À mudança do nome, segue-se a mudança do enredo.

De fato, da *Odisseia* grega ao *Ulisses* irlandês, as transformações são tão grandes que não enganariam ninguém, como opina Lyotard. Mas o título confunde: "não revela a identidade da *Odisseia*, a evoca, mas enredando-a, a equivoca".[4]

[1] Lyotard, Jean-François. *Lecturas de infancia*. Buenos Aires: Editorial Universitária de Buenos Aires, 1997, p. 17.

[2] Ibid., p. 17.

[3] Ibid., p. 18.

[4] Ibid., p. 18.

Portanto, conclui Lyotard, "se a *Odisseia* retorna em *Ulisses*, é na sua ausência".[5]

As ideias de Lyotard parecem dialogar com as ideias do escritor russo Vladimir Nabokov. Num estudo sobre *Ulisses*, uma das mais elucidativas leituras do romance de Joyce, na minha opinião, Nabokov afirma:

> Devo prevenir-vos especialmente contra a tendência para ver nas aborrecidas vagabundagens de Leopold Bloom e as suas pequenas aventuras de verão em Dublin uma paródia fiel da *Odisseia*, com Bloom a representar o papel de Odisseus — ou seja, de Ulisses, homem de múltiplos recursos —, ou a adúltera mulher de Bloom a representar o papel da casta Penélope, enquanto se atribui o de Telêmaco a Stephen Dedalus. É evidente que na questão das vagabundagens de Bloom há um eco homérico vago e genérico, como sugere o título do romance; e existem numerosas alusões clássicas, entre muitas outras, ao longo do livro; mas seria uma completa perda de tempo procurar paralelismos em cada uma das personagens e em cada uma das situações. Não há nada que provoque mais tédio que uma longa alegoria baseada num mito gasto; depois da publicação da obra em partes, Joyce suprimiu os títulos pseudo-homéricos dos capítulos para comprovar do que eram capazes os chatos mais eruditos ou pseudo-eruditos. A propósito um chato chamado Stuart Gilbert, enganado por umas listas que o próprio Joyce compilou por graça, descobriu em cada capítulo o predomínio de um órgão específico — o ouvido, o olho, o estômago, etc. Ignoremos também estas tontices. Toda arte é de certo modo simbólica, mas diremos "Alto aí, ladrão!" ao crítico que transforma deliberadamente o símbolo subtil do artista numa alegoria rançosa de pedante [...]".[6]

Na segunda parte de *Ulisses*, Joyce leva o leitor à Biblioteca Central de Dublin, onde Stephen e alguns companheiros discutem a respeito do significado dos nomes: "MAGEEGLINJOHN: Nomes! O que existe em um nome?".[7]

[5] Ibid., p. 20.

6 Nabokov, Vladimir. *Aulas de literatura*. Lisboa: Relógio d'Água, 2004, p. 331.

7 As traduções de fragmentos de *Ulisses* citados neste ensaio foram feitas por Bernardina da Silveira Pinheiro. Joyce, James. *Ulisses*. Rio de Janeiro: Objetiva, 2005.

Stephen prossegue: "O que existe num nome? É isso que nos perguntamos desde a infância quando escrevemos o nome que nos disseram ser nosso".

A Stephen, John Eglinton diz: "— O senhor faz um bom uso do nome [...]. Seu nome, ele é bastante estranho. Suponho que ele explique o seu fantástico humor".

É evidente que a escolha do nome instigava Joyce; portanto, ao batizar seu romance de *Ulisses*, ele estaria instigando também o leitor, o qual deveria buscar entender o porquê dessa escolha, o que existiria por trás desse nome. Joyce incentivaria, em suma, o leitor a decifrar o enigma do título do seu romance. Mas, nós, leitores, como Édipo, se deciframos o enigma, damos início à nossa própria tragédia, que é ler o romance a partir apenas de referências à Odisseia, deixando de lado, desse modo, outras leituras tão pertinentes quanto essa ou tão ou mais interessantes que ela.

A escolha do título do romance de Joyce pode ser algo arbitrário, nada mais do que um jogo joyciano, uma brincadeira *nonsense* ao estilo do escritor inglês Lewis Carroll, que, sabemos, não só influenciou seu romance posterior, *Finnegans Wake*, como também teria influenciado *Ulisses*.

O ovo Humpty Dumpty, personagem de uma tradicional canção infantil, que reaparece modificado ou enriquecido em *Através do espelho*, de Carroll, é mencionado em *Ulisses*, quando, ao final do romance, Bloom pensa em comer "*the homely Humpty Dumpty boilded*", ou seja, um simples Humpty Dumpty cozido.

É também Humpty Dumpty quem diz à menina Alice, em *Através do espelho*, que um nome sempre significa alguma coisa e que o nome dele significa o seu formato. A explicação de Humpty Dumpty não faz sentido, não leva a nada, deixando Alice perplexa.

Ulisses não tem o formato da *Odisseia*, que é uma epopeia (poema épico constituído de versos longos), e aí começa, a meu ver, toda a confusão ou brincadeira em torno de seu título. Sabemos que Joyce tinha muito bom humor.

Obviamente a leitura de *Ulisses* não descarta nenhuma interpretação. Mas deixemos, por hora, de lado a *Odisseia*. Se já consideramos difícil ler *Ulisses*, ler o romance tendo por pressuposto que conhecer um outro livro de grande complexidade é indispensável torna a sua leitura ainda mais intrincada.

Diria que o leitor de *Ulisses* é também, ou deveria às vezes ser, como um cidadão comum que, sentado no banco de uma praça, vê pessoas passarem conversando umas com as outras. Mas ele não sabe exatamente quem elas são, embora algumas delas ele conheça superficialmente (Leopold Bloom, o judeu errante; Stephen Dedalus, o intelectual pernóstico que deixou a casa do pai para morar com amigos numa torre em Dublin; e a sedutora Marion (Molly) Bloom, a infiel esposa de Leopold Bloom).

As pessoas falam sobre fatos cotidianos, outras vezes discutem literatura, muitas vezes revisitam a história da Irlanda. A conversa é, porém, entrecortada por algum fato inesperado. O cidadão (leitor) ouve todo esse burburinho, inclusive o que se passa na cabeça dos personagens, mas nada lhe interessa diretamente, pois não fica sabendo o desenrolar da história, seu desfecho.

Um resumo dessa experiência de leitura estaria descrito no próprio romance: "As vozes se misturam e se fundem no silêncio nebuloso: silêncio que é o infinito do espaço: e rapidamente, silenciosamente a alma é transportada para regiões de ciclos de gerações que já viveram [...]".

De fato, tudo fala em *Ulisses*, tudo emite o seu ruído: uma voz vinda da galeria; o relógio que, "abrindo a portinhola", faz "Cuco. Cuco. Cuco."; as argolas que fazem "Diguedigue. Digadiga. Digdig"; um "anônimo" qualquer etc.

Se Deus, como diz Stephen, é um ruído de rua, estamos em *Ulisses* diante do "divino", do som ensurdecedor da cidade moderna. Diante do improvável, quero dizer.

Há que se lembrar que a primeira metade do século XX foi uma época de experimentação no campo das artes. Época em que o banal foi elevado a estatuto de arte. Em 1917, o francês Marcel Duchamp introduziu, com sua *Fonte*, um mictório adquirido numa lojinha em Nova York, um novo conceito de escultura e de arte, o *readymade*. Os cubistas estavam também em pleno desenvolvimento com seus múltiplos pontos de vista sobre uma mesma imagem. Gertrude Stein causava furor com suas experimentações artísticas. Os futuristas italianos escandalizavam plateias com suas peças sintéticas etc.

Na literatura, Joyce buscou no homem comum, nos fatos mais banais do cotidiano (revisitando o cotidiano flaubertiano, como enfatizam os estudiosos), o seu herói moderno. Leopold Bloom faz esse papel. Ele é um homem qualquer, que pode ser encontrado numa esquina qualquer. Mas, quando ele foi escolhido para ser o protagonista do romance, o que interessava a Joyce era o meio de expressão, e o meio deveria ser aquele que permitisse expressar da maneira mais bem-sucedida a sua história.

Joyce explora com mestria vários estilos em sua prosa: por vezes ele é direto e lúcido, outras vezes ele adota frases e palavras incompletas (como os monólogos interiores) ou se vale da paródia, quando não aglomera palavras, propondo novos vocábulos...

Afirma o personagem John Eglinton, a certa altura do livro: “Nossos jovens bardos irlandeses [...] precisam ainda criar uma figura que o mundo coloque ao lado de Hamlet do saxão Shakespeare [...]”.

Parece-me que com Leopold Bloom, o herói que “não disse nada”, como apontou T. S. Eliot, os irlandeses cumpriram ironicamente a sua missão.

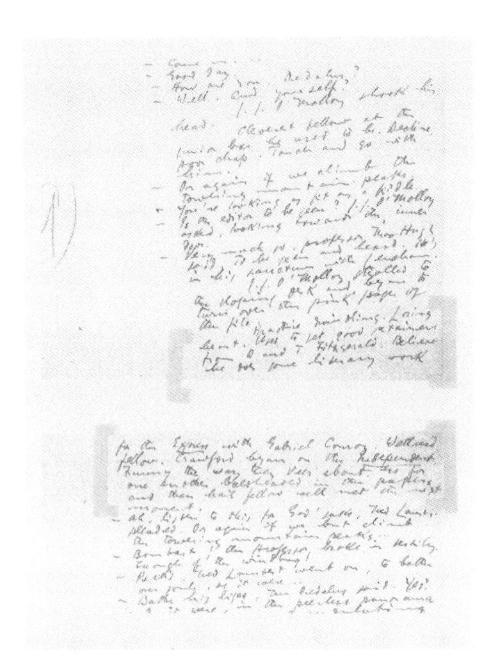

Página manuscrita de "Éolo", *Ulisses*.

Mr Bloom moved nimbly aside.
— I beg yours, he said.
— Good day, Jack.
— Come in. Come in.
— Good day.
— How are you, Dedalus?
— Well. And yourself?
J. J. O'Molloy shook his head.

SAD

Cleverest fellow at the junior bar he used to be. Decline poor chap. The hectic flush spells finis for a man. Touch and go with him. What's in the wind, I wonder. Money worry.

— *Or again if we but climb the serried towering mountain peaks.*

— You're looking extra.

— Is the editor to be seen? J. J. O'Molloy asked, looking towards the inner door.

— Very much so, professor MacHugh said. To be seen and heard. He's in his sanctum with Lenehan.

J. J. O'Molloy strolled to the sloping desk and began to turn back the pink pages of the file.

Practice dwindling. A mighthavebeen. Losing heart. Used to get good retainers from D. and T. Fitzgerald those newspaper men. Believe he does some literary work for the *Express* with Gabriel Conroy. Wellread fellow. Myles Crawford began on the *Independent*. Funny the way they veer about when they get wind of a new opening. Go for one another baldheaded in the papers and then all blows over. Hailfellow well met the next moment.

— Ah, listen to this for God' sake, Ned Lambert pleaded. *Or again if we but climb the serried towering mountain peaks...*

— Bombast! the professor broke in testily. Enough of the inflated windbag!

— *Peaks*, Ned Lambert went on, *to bathe our souls, as it were...*

— Bathe his lips, Mr Dedalus said. Blessed and eternal God! Yes? Is he taking anything for it.

— *As 'twere, in the peerless panorama of Ireland's portfolio, unmatched, despite their wellpraised prototypes in prize regions other, for very beauty, of bosky grove and undulating plain and luscious pastureland steeped in the transcendent translucent glow of our mild mysterious Irish twilight...*

HIS NATIVE DORIC

— The moon, professor MacHugh said. He forgot Hamlet.

— *That mantles the vista far and wide and wait till the glowing orb of the moon shines forth to irradiate her silver effulgence.*

— O! Mr Dedalus cried, giving vent to to a hopeless groan, shite and onions! That'll do, Ned. Life is too short.

Correções de Joyce do episódio "Éolo", Ulisses.

O DIA DE LEOPOLD BLOOM

No dia 16 de junho de 1924, James Joyce se recuperava de uma quinta cirurgia na vista em Paris, quando, lembra Richard Ellmann, "a melancolia da clínica foi aliviada pela chegada de um ramo de hortênsias, brancas e de um azul pálido (as cores da bandeira da Grécia numa alusão ao *Ulisses* greco-irlandês de Joyce), que alguns amigos tinham mandado em honra do 'Dia de Bloom'". Joyce anotou em seu caderno: "Hoje, 16 de junho de 1924. Vinte anos depois será que alguém vai se lembrar desta data?".

O fato é que, ainda hoje, ou sobretudo hoje, em diversas partes do mundo, celebra-se o Dia de Bloom, ou Bloomsday, em homenagem ao protagonista do monumental romance *Ulisses*, que revolucionou a prosa de ficção no século XX e que, no século XXI, continua inquietando, afugentando e também deleitando os leitores de Joyce.

O livro conta especialmente a peregrinação de Leopold Bloom, um angariador de anúncios, pela cidade de Dublin, terra natal de Joyce, durante pouco mais de 17 horas, ou, como diria Vladimir Nabokov, "*Ulisses* é a descrição de um único dia, a quinta-feira, 16 de junho de 1904, nas vidas misturadas e separadas de numerosas pessoas que vagueiam, viajam, se sentam, conversam, sonham, bebem e realizam diversos atos fisiológicos e filosóficos, de maior e menor importância, durante este dia e nas primeiras horas da madrugada seguinte em Dublin".[1] Dentre essas pessoas destaca-se a tríade: Bloom, Marion (Molly) Bloom, sua mulher, e Stephen Dedalus, o professor-filósofo do livro.

Ao contrário de atos heroicos numa batalha, estamos no cotidiano e diante de fatos na maioria dos casos banais

[1] Nabokov, Vladimir. *Aulas de literatura*. Lisboa: Relógio d'Água, 2004, p. 327.

ou até escatológicos, como a preocupação do protagonista com o tamanho de suas fezes: "Espero que não seja grande demais para não me provocar novamente hemorroidas. Não justo o tamanho [...]. Ele continuou a ler sentado calmamente sobre o seu próprio cheiro que se elevava".[2]

Bernardina Pinheiro recorda que "realmente tudo acontece naquele bendito dia 16 de junho de 1904: nascimento, morte, frustração, alegria, rejeição, traição, masturbação, menstruação, tudo, enfim, que um ser humano vivencia".[3] Deparamo-nos por isso com um número surpreendente de correntes de pensamento, e tudo vai culminar no famoso monólogo interior de Molly Bloom, um dos momentos cruciais da literatura universal: "ele foi o primeiro homem que me beijou embaixo da muralha dos mouros um namorado quando rapaz nunca tinha entrado em minha cabeça o que significava beijar até que ele pôs a sua língua em minha boca sua boca era doce jovem [...]".

Segundo Vladimir Nabokov, "esta técnica da corrente de pensamento tem, é claro, a vantagem da brevidade. Consiste numa série de mensagens sucintas que o cérebro anota. Mas exige do leitor uma atenção e uma compreensão maiores do que uma descrição convencional [...]. Os pensamentos íntimos que afloram à superfície movidos por uma impressão exterior conduzem a associações significativas de palavras, a nexos verbais, na mente de quem pensa".[4]

Assim, no pensamento convulsivo de Stephen, por exemplo, o mar verde-ranho se associa tanto com seu lenço ranhoso quanto com a bílis verde da bacia onde sua mãe vomitara. Afirma Nabokov que, em *Ulisses*, tudo se funde durante um segundo numa única imagem. Isso seria Joyce no seu melhor. No romance, como disse Lyotard, a aventu-

[2] Todas as traduções de fragmentos de *Ulisses* são de Bernardina Pinheiro.

[3] PINHEIRO, Bernardina. "Introdução". In: JOYCE, James. *Ulisses*. Rio de Janeiro: Objetiva, 2005, p. XIV.

[4] NABOKOV, op. cit., p. 340.

ra está na língua, na sua proliferação, na sua dispersão e na libertação de seus horizontes.

No Bloomsday, Dublin espalha-se mundo afora, num cruzamento de culturas que sempre foi muito valorizado por um exilado como James Joyce. Apesar de ter sido um exilado por opção, a Irlanda sempre o "acompanhou" em suas andanças pela Europa continental. O escritor costumava dizer que se um dia Dublin desaparecesse, poderia ser reconstruída das páginas de seus livros. Se Joyce fazia de Dublin o centro do mundo na sua ficção, o Bloomsday traz a Irlanda para perto de nós, todos os anos: uma Irlanda imaginária, onírica, literária, mutável e poliglota, onde se falam várias línguas, inclusive o português.

No Bloomsday, conforme se lê em *Ulisses*, certamente mais uma vez "a Irlanda espera que todo homem neste dia cumpra o seu dever".

Nesse dia, outras obras de Joyce são igualmente lembradas e celebradas. Além disso, aproveita-se a data para homenagear a obra de grandes escritores irlandeses e de escritores que têm afinidade artística com James Joyce.

O dia 16 de junho não foi escolhido por acaso: foi nessa data que James Joyce saiu pela primeira vez com Nora Barnacle, em 1904, a grande musa do escritor, com quem ele se casou anos mais tarde. Mas, como afirma Isaiah Sheffer, Joyce também deve ter escolhido esse dia por ele acontecer cinco dias antes do solstício de verão, quando, na latitude de Dublin, a luz do dia dura até tarde da noite.[5]

No Brasil, o Bloomsday vem sendo festejado há mais de duas décadas. Em São Paulo, onde o evento já é tradicional, o Dia de Bloom ocorreu pela primeira vez em 1988 e foi organizado pelo poeta Haroldo de Campos e pela professora Munira Mutran, da Universidade de São Paulo. Outras cidades do Brasil passaram a comemorar a data a partir de

[5] Sheffer, Isaiah. "Introduction". In: Tully, Nola (org.). *Yes I said yes I will Yes.* Nova York: Vintage Books, 2004, p. 2.

então, sempre em 16 de junho ou em dias próximos. Em Florianópolis, local de que não poderia deixar de falar, já que moro na cidade, o primeiro Bloomsday foi festejado em 2002, e desde então é organizado anualmente por mim, por Sérgio Medeiros e, a partir de 2011, também por Clélia Mello, que se juntou a nós.

Ilustração do artista irlandês John Ryan (1954).

LENDO *FINNEGANS WAKE*

Começo citando um fragmento do texto da escritora portuguesa Maria Gabriela Llansol no qual ela resume o início de todas as leituras da seguinte maneira: "'No início do texto era a derrota/ No espaço reinava um vazio de cinza/ Um cântico esforçado juntou-se ao espaço/ Embora fosse noite de lua nova/ Em que mal se cria/ Finalmente/ E avançando sempre/ Viu-se o mar/ Um barco sulcava para a praia/ Nas areias deixou/ De letras um tecido finíssimo/ Vogais. E consoantes', *assim* dizia a escrita do livro".[1] E, prossegue Llansol: "Imaginar que, desta vez,/ não teria fim, mas apenas começos,/ Nem recomeços, o que o deixaria exausto,/ Tornara-se um desígnio incomportável./ Todos os começos diferentes e simultâneos eram areias,/ Imagem tão errada como o mar, [...]".[2]

Finnegans Wake, o último romance do escritor irlandês James Joyce, eleva esse conceito de leitura à máxima potência. Ler *Finnegans Wake* é ser levado pela corrente do rio joyciano, seu *riverrun*/ correorrio[3] (palavra que abre o romance), numa noite de lua nova (para homenagear Llansol), num céu muito encoberto, que nos permite vez por outra apenas vislumbrar uma "imagem tão errada quanto o mar".[4]

Joyce concebeu seu livro como um sonho, "o sonho da humanidade", como ele afirmava. Por isso mesmo, não se pode esperar clareza nele: "É natural que as coisas não sejam tão claras durante a noite, não é mesmo?",[5] dizia Joyce.

[1] Llansol, Maria Gabriela. *O começo de um livro é precioso*. Lisboa: Assírio & Alvim, 2003, p. 43. Grifo da autora.
[2] Ibid., p. 43.
[3] Tradução minha.
[4] Llansol, op. cit., p. 43.
[5] Norris, David; Flint, Carl. *Introducing Joyce*. Cambridge: Icon Books, 1997, p. 149.

É de se perguntar, então, por que ler ou qual o prazer em ler um livro que nos deixa exaustos. A resposta quem nos dá é a própria Maria Gabriela Llansol, porque "o começo de um livro é precioso. Muitos começos são preciosíssimos".[6]

Mas, para que a leitura prossiga, precisamos que uma *decisão de intimidade* se inicie. A essa decisão de intimidade Llansol chama de "fio ______ linha, confiança, crédito, tecido".[7]

Para quem quer começar a ler *Finnegans Wake*, sua primeira *decisão de intimidade* será a de se aproximar de pelo menos uma das muitas línguas nas quais o romance foi escrito.

Decisão difícil já que, para compor *Finnegans Wake*, Joyce usou uma mescla de aproximadamente 65 línguas e dialetos e incluiu nesse novo idioma tanto línguas modernas quanto antigas, orientais e ocidentais, e ainda distorceu e disfarçou muitas delas criando, assim, um enorme quebra-cabeça cheio de adivinhações e jogos de palavras. Por isso, nem sempre é evidente ser o inglês a língua de origem do romance, ou aquela que prevalece o tempo todo sobre as outras.

Na opinião de Umberto Eco, a propósito, *Finnegans Wake* não estaria escrito em inglês, mas em "Finneganian", e o Finneganian seria uma língua inventada, embora, segundo o ensaísta italiano, a linguagem do último romance de Joyce não caiba totalmente em nenhum dos vastos conceitos de língua inventada. Conforme uma das definições, "língua inventada" seria aquela em que, ao menos parcialmente, tanto o léxico quanto a sintaxe fossem criados pelo seu autor, como é o caso da língua de Foigny (citada por Eco). Outro exemplo seria uma língua sem palavras convencionais, reduzida a um efeito sonoro, como ocorre, por exemplo, nos poemas de Hugo Ball, ou ainda, parece-me, em alguns poemas de John Cage.

[6] LLANSOL, op. cit., p. 1.
[7] Ibid., p. 1.

A partir dessas definições, e levando em conta que a sintaxe de Joyce é basicamente a da língua inglesa, Eco concluiu que *Finnegans Wake* seria antes de tudo um texto plurilíngue.

A mescla de línguas não é, no entanto, o único desafio a ser enfrentado pelos leitores do último romance de Joyce, já que a complexidade de sua linguagem é ainda acentuada pela tentativa de dar a ela circularidade e simultaneidade — características motivadas não apenas por razões estilísticas, mas também por razões filosóficas, visto terem sido baseadas nas teorias dos pensadores italianos Giambattista Vico e Giordano Bruno.

Vico (num brevíssimo resumo) considerava a história um processo cíclico. Segundo ele, a humanidade e o progresso histórico moviam-se através de três períodos, que denominou "divino, heroico e humano". Findo o último período, haveria uma fase de transição, de caos e, então, tudo recomeçaria. Já Giordano Bruno pregava a "coincidência dos opostos", ou seja, tudo que há na natureza desenvolve um oposto e, a partir dessa antítese, forma-se uma nova síntese, sendo essas transmutações circulares.

Contudo, se no conjunto o livro é circular, suas partes contêm sentenças compostas numa sequência normal, ou seja, a do inglês padrão, numa definição ampla (sujeito, verbo e objeto).

Afirmam os estudiosos que Joyce empregava geralmente a construção normatizada ao escrever suas sentenças, encaixando nelas, porém, vocábulos fora dos padrões.

Em *Finnegans Wake*, uma só palavra pode concentrar dois ou mais significados, e essa acumulação de significados se realiza por meio de associações semânticas, fônicas, gráficas e morfológicas. Esse efeito multiplicador de significados Joyce obteve ao utilizar principalmente dois recursos estilísticos: o trocadilho e a palavra-valise.

Os trocadilhos são jogos de palavras semelhantes no som, mas com significados diferentes; por isso, em vez de elucidar, geram sentidos múltiplos.

Já a palavra-valise, ou *portmanteau word* — termo cunhado por Lewis Carroll, no livro *Através do espelho* (1871) —, é um vocábulo que "empacota" duas ou mais palavras numa só. No caso das palavras-valise criadas por Joyce em *Finnegans Wake*, muitas vezes essas palavras pertencem a línguas diferentes.

No entanto, não só as palavras são exploradas em *Finnegans Wake*: às vezes, a unidade básica de construção da sua linguagem, tanto em termos de significado quanto de musicalidade, é a sílaba. O melhor exemplo disso são os *soundsenses*, vocábulos formados por uma associação de inúmeras letras. Constam do livro cerca de dez *soundsenses*, e seu significado talvez só possa ser devidamente decifrado numa leitura em voz alta. Um exemplo de *soundsense* é o barulho do trovão que aparece já na primeira página do romance:

Bababadalgharaghatakamminarronnkonntonnerronntuonnthunntrovarrhounawnskawntoohoohoordenenthurnuk!

O barulho do trovão representaria aqui, entre outras coisas, a voz de Deus, a queda de Tim Finnegan (personagem da canção que dá o título à obra de Joyce) e da linguagem padrão e o início de um novo período. Vemos aqui mais uma vez a influência de Vico, segundo o qual a linguagem falada teria começado com sons onomatopaicos.

No tocante à linguagem, podemos dizer por fim que, em *Finnegans Wake*, o leitor se depara com "um novo idioma" — "a "*chaosmos*" (palavra-valise do romance) governado por suas próprias leis" —, capaz de registrar novos sentidos e novas experiências da mente do ser humano.

No meio desse caos, Joyce não deixa seus leitores abandonados; um dos conselhos que ele nos dá é: "se em dúvida, leia em voz alta". Acreditem ou não, o conselho funciona, como sou a primeira a reconhecer; basta tentarmos ler seus *soudsenses* em voz alta que escutaremos não só o som do trovão, mas de um copo quebrando, de patinhos grasnando e assim por diante.

Joyce também nos oferece uma ou outra pista ao longo do romance. A primeira delas é sem dúvida o próprio título da obra. *Finnegans Wake* é tão revelador e foi tão importante para Joyce que ele o manteve em sigilo até pouco tempo antes da publicação de seu livro.

Edmund Wilson afirma com convicção que a chave do romance está no título, indispensável a quem queira apreciar a verdadeira profundidade e intenção do livro. Wilson chama a atenção para o fato de que o *Ulisses*, de James Joyce, é uma *Odisseia* moderna, acompanhando de perto a *Odisseia* clássica tanto no tema quanto na forma (ou não, como se viu anteriormente).

Finnegans Wake com apóstrofo (o qual foi omitido por Joyce) é o título de uma balada de origem incerta, segundo se afirma; porém, trata-se de uma balada américo-irlandesa, do século XIX.

A canção conta a história de Tim Finnegan, um servente de pedreiro e amante do uísque que, certa feita, cai da escada e quebra a cabeça. No seu velório tipicamente irlandês, festejado com uísque, gotas da bebida caem sobre o morto que então retorna à vida.

Nessa balada podemos encontrar alguns elementos que serão desenvolvidos no livro de Joyce: o enredo cíclico, a morte e a ressurreição do herói, a comicidade como tom geral e uma mescla de ingredientes lúdicos e obscenos, além da descrição de um funeral tipicamente irlandês.

Quanto ao nome do protagonista da balada, Tim Finnegan, ele pode estar associado ao nome do herói irlandês, o gigante nacionalista Finn McCool, líder dos fenianos, os guerreiros irlandeses. A propósito, diz a lenda que Finn

McCool foi enterrado no cabo de Howth, mas que seu corpo era tão grande, que sua cabeça ficava num lugar, sua barriga noutro e seus pés no Phoenix Park. Lembro que o romance de Joyce se passa em três lugares: em Chapelizod, um bairro de Dublin à margem do rio Liffey, no Phoenix Park e no Cabo de Howth.

Se *Finnegans Wake* começa narrando a morte e a ressurreição de Tim Finnegan, o herói da balada, logo depois o livro se configura como o relato de um sonho, possivelmente de H.C.E. (*Here Comes Everybody*), uma das reencarnações de Tim Finnegan e de Finn McCool.

Mas, afinal, sobre o que é o livro? O que ela narra ou qual é a sua história?

Para um amigo, Joyce resumiu assim a trama básica de seu livro: é a história de uma pequena família que vive em Chapelizod. Mas para outro amigo, o autor de *Ulisses* explicou melhor:

> [...] eu poderia facilmente ter escrito essa história de maneira tradicional. Todo romancista sabe a receita. Não é muito difícil seguir um esquema simples, cronológico, que os críticos entenderão. Mas eu, afinal, tento contar a história dessa família de Chapelizod de uma maneira nova. O tempo e o rio e a montanha são os verdadeiros heróis do meu livro. Mas os elementos são exatamente o que cada romancista poderia usar: homem e mulher, nascimento, infância, noites, sono, casamento, oração, morte. Não há nada paradoxal nisso tudo. Apenas tento construir muitos planos de narrativa com um único objetivo estético.[8]

Joyce dizia também que o livro era uma espécie de "história universal" que misturava fatos verídicos e fábulas. Seu romance, afirmava igualmente o escritor, narrava o sonho do gigante Finn McCool, que, deitado moribundo à margem do rio Liffey, observa a história da Irlanda e do mundo, seu passado e futuro.

[8] Ellmann, op. cit., p. 684.

Portanto, não se pode reduzir *Finnegans Wake* a uma trama (Joyce falava em tramas), nem falar do seu enredo sem compreender a lógica e as imprecisões do sonho.

O fato é que *Finnegans Wake* não possui um enredo linear. Tampouco se pode falar em enredo no singular; o que existe no livro são "múltiplos fios narrativos": "todos dispersos no meio de pequenas cenas, histórias, fábulas, diálogos, anedotas, canções, rumores e brincadeiras, que muitas vezes são versões umas das outras, e que são todas versões dos conflitos de uma mesma família".[9]

O núcleo desses conflitos diz respeito a um suposto crime de natureza sexual cometido por H.C.E.. Anna Livia Plurabelle, a heroína do romance, na tentativa de salvar seu marido e/ou amante, escreve uma carta em sua defesa. Grande parte do romance gira em torno dessa carta, que se perde, é reencontrada, é analisada e reanalisada à exaustão. Cada análise conta uma história, muda o rumo das coisas e assim por diante. Muitos afirmam que a carta é o próprio *Finnegans Wake*.

Em razão das afirmações acima, "não se pode negar a existência de trama que se encontra abaixo — ou descansa sobre — a espessa textura de suas linhas", como afirmam, aliás, alguns estudiosos.

Porém, uma sinopse, ou uma apresentação linear da obra, é sempre uma interpretação parcial e limitada. Apesar disso, muitas sinopses de *Finnegans Wake* são oferecidas, eu mesma, no livro *Para ler* Finnegans Wake *de James Joyce*, ofereço a minha própria versão linear do romance. A função da sinopse, nesse caso, não é simplesmente a de resumir o enredo do romance. A sinopse tem por objetivo oferecer, com muitas reservas, uma orientação relativa para o leitor que pretende caminhar, como afirmei naquele livro, mais desperto pelas páginas

[9] Norris, Margot. "*Finnegans Wake*". In: Attridge, Derek (org.). *The Cambridge Companion to James Joyce*. Cambridge: Cambridge University Press, 1997, p. 164.

noturnas de *Finnegans Wake*. O resumo linear do romance destacaria assim a sua trama básica ou superficial, como também seus personagens mais importantes e uma ou outra metamorfose sofrida por eles.

A respeito da trama do romance, o próprio livro, nas páginas 185-186, se conceitua como uma "sublimação corrosiva", que "desdobrou-se lentamente no integumento do presente contínuo a esplêndida escrita da história ciclogiratória temperada pelo temperamento" (tradução de Donaldo Schüler). Eis aqui uma outra "pista" que Joyce dá a seus leitores.

Por fim, se para Joseph Campbell e Henry Robinson *Finnegans Wake* é um misto de fábula, sinfonia e pesadelo, um monstruoso enigma, para Beckett o romance não é sobre nada, é "a coisa em si", ou seja, forma é conteúdo e conteúdo é forma.

A linguagem do livro é tão importante que muitos estudiosos a consideram nada mais nada menos que um sonho sobre a linguagem, ou que o verdadeiro romance se passa entre Joyce e a linguagem.

Além de se familiarizar com a linguagem e o enredo (ou enredos) de *Finnegans Wake*, o leitor que quiser continuar seguindo a trilha noturna de Joyce deve também saber quem são os personagens dessa obra.

Como nos sonhos, não só a língua, mas também as situações e os personagens se alteram constantemente.

A propósito dos personagens do *Wake*, John Blades, autor de um livro intitulado *How to study James Joyce*, acredita que, embora eles estejam em contínua metamorfose, existem indícios neles disso que chamamos de caráter ou identidade, mas isso emerge em fragmentos, em geral numa cifra ou disfarce, frequentemente repetidos, embora sempre modificados. Os personagens são na verdade uma pluralidade de máscaras, de fragmentos de personalidades sobrepostas.

Justamente por isso é de fato difícil identificar os principais personagens do romance: um ator interpreta vários papéis ao mesmo tempo.

Mas vislumbramos, por baixo de tantas máscaras e metamorfoses, os membros de uma família: H.C.E., o pai; Anna Livia Plurabelle, a mãe; e seus filhos Shem, Shaun, Issy.

Resta ao leitor, porém, saber quem fala o que exatamente quando. Ou melhor, quem é quem em cada situação particular.

Outro aspecto que vale ressaltar é o narrador do romance. Igualmente aqui as dúvidas se multiplicam. Há quem fale num narrador em terceira pessoa, outros afirmam ser o personagem principal — H.C.E. — o único narrador da história, outros falam ainda numa pluralidade de vozes. O caso mais paradigmático de toda essa confusão, a meu ver, está no capítulo VIII: um possível diálogo entre duas lavadeiras à margem do rio Liffey, mas que pode ser o monólogo de H.C.E., a voz do seu subconsciente que conversa..., ou Anna Livia. Em uma gravação do capítulo feita pela Penguim Books, uma única atriz faz o papel das duas lavadeiras.

Em razão desses aspectos da linguagem do romance, caberia perguntar se o esforço de traduzir o livro seria realmente compensador, ou se não seria mais útil e fácil que o possível leitor aprendesse inglês e se informasse dos fundamentos e técnicas de Joyce. É uma pergunta que volta e meia me faço, mesmo depois de ter traduzido um capítulo do livro.

É claro que quando levamos em conta a complexidade e as nuances da língua de *Finnegans Wake* compreendemos facilmente que uma tradução literal da obra não é possível, nem mesmo uma tradução para o inglês padrão. Segundo o professor e tradutor do último romance de Joyce para o português, Donaldo Schüler, traduzir para uma determinada língua um romance em que se misturam tantas línguas, modernas e antigas, é uma traição, pois traduzir é sempre trazer outro universo linguístico ao nosso. Caberia, idealmente, realizar na língua de chegada a (mesma) experiência linguística que Joyce realizou na língua de origem, o "inglês", partindo das mesmas premissas e tentando conservar do original o maior número possível de registros linguísticos, jogos de palavras, alusões etc.

Eis uma sugestão e um desafio que nós, tradutores, não podemos ignorar.

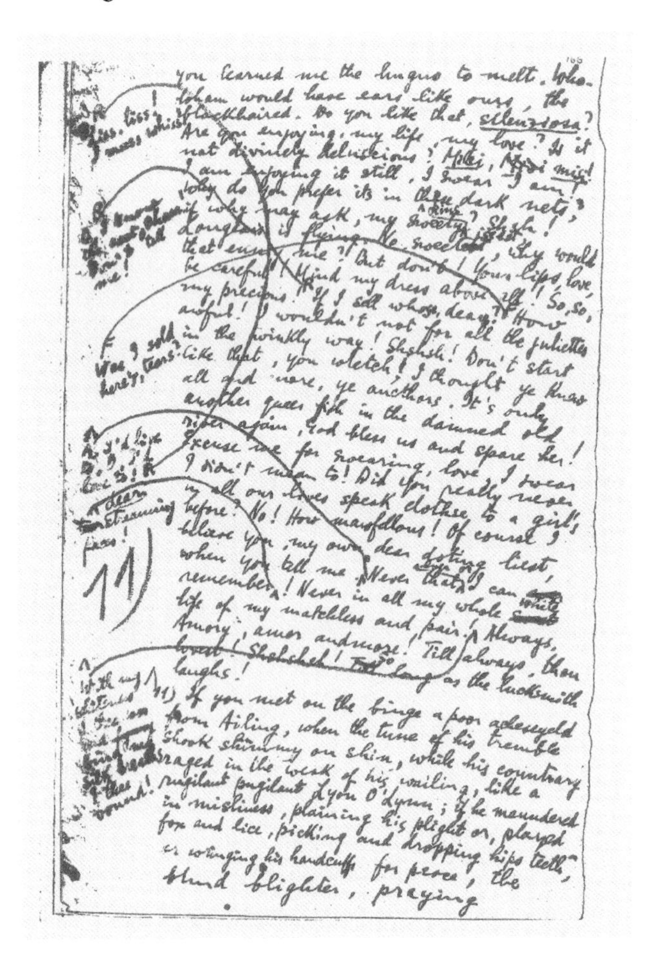

Página manuscrita de *Finnegans Wake*.

PALAVRAS-VALISE X PALAVRAS-CABIDE

Em 1939, o escritor irlandês James Joyce concluiu e publicou seu último livro, intitulado *Finnegans Wake*, obra que lhe demandou 17 anos de intenso trabalho.

Nesse romance, concebido como um sonho ou pesadelo, Joyce contou a "história da humanidade", como ele próprio declarou, do ponto de vista do gigante Finn McCool, um dos mais célebres heróis da mitologia irlandesa, que, deitado moribundo à margem do Liffey — rio que corta a cidade de Dublin e estende-se para fora dela —, observa a história da Irlanda e do mundo, seu passado e futuro.

A "história" de Joyce mescla, desse modo, fatos verídicos e fábulas. Além disso, é relatada numa linguagem obscura e ambígua, que confere à narrativa uma aparente "confusão desordenada", similar à do mundo dos sonhos.

Sobre a língua de *Finnegans Wake*, Joyce explicou o seguinte: "escrevendo sobre a noite eu realmente não pude, senti que não podia, usar palavras em suas ligações habituais. Usadas dessa maneira elas não expressam como são as coisas à noite".[1]

Para compor seu último romance, o escritor levou realmente às últimas consequências sua experimentação com a língua e a palavra.

Em *Finnegans Wake*, a língua se estrutura sobre uma mistura de mais de 65 idiomas, conforme afirmam os especialistas. Aparecem nela, ainda, novas relações e conexões entre as palavras e as regras da gramática.

Na linguagem noturna de Joyce, caberia dizer que a maior distorção ou elaboração onírica não ocorre na sintaxe, mas nas palavras, uma vez que cada uma delas pode

[1] Ellmann, Richard. *James Joyce*. Rio de Janeiro: Globo, 1989, p. 673.

concentrar dois ou mais significados. Essa acumulação semântica se realiza por meio de associações fônicas, morfológicas e gráficas, como falei atrás. Esse efeito multiplicador de significados Joyce obteve ao utilizar principalmente um recurso estilístico: a palavra-valise. Embora já tenha aludido a esse recurso, desejo discuti-lo agora mais amplamente.

O termo palavra-valise (*portmanteau word*) foi cunhado por Lewis Carroll, conforme disse em ensaio anterior, no livro *Através do espelho*, protagonizado pela menina Alice. No sexto capítulo desse livro, Humpty Dumpty — estranho personagem oriundo de um poema infantil inglês, que é referido muitas vezes em *Finnegans Wake* — diz-se intérprete de todos os poemas escritos e não escritos, e explica a Alice o sentido das palavras do misterioso poema "Jabberwocky". Na primeira estrofe desse poema, aparece a palavra "lesmolisas" (na tradução de Augusto de Campos), de sentido incompreensível. O hermeneuta Humpty Dumpty explica então: "Ora, significa 'lisas como lesmas'. Veja bem, é uma palavra-valise: dois significados embrulhados numa palavra só" (tradução de Sebastião Uchoa Leite).

A palavra-valise carrolliana tem um alcance ainda maior em *Finnegans Wake*, onde Joyce vai seguidamente "embrulhar" ou "empacotar" duas, três, ou mais palavras, oriundas da língua inglesa ou de outros idiomas, num vocábulo só (tais "ousadias", como a mistura de línguas, não ocorrem na obra de Carroll). Temos, no romance do escritor irlandês, por exemplo, a palavra-valise "*djoytsch*", que contém uma palavra da língua alemã "*Deutsch*", que significa "alemão" e "Joyce", ou o termo do inglês "*joy*", que significa "alegria".

Martin Gardner, estudioso da obra de Lewis Carroll, aponta ainda um outro tipo de palavra-valise presente em *Finnegans Wake*: o *soundsense*, vocábulo formado pela associação de inúmeras letras, cujo significado só pode ser devidamente decifrado, como já mencionei, numa leitura em voz alta.

Embora Carroll tenha sido o criador das palavras-valise, na opinião de Gardner, "o grande mestre" desse recurso estilístico "é evidentemente James Joyce".

Quanto ao valor literário das palavras-valise em termos de significado, sabe-se que elas se apresentam sempre como palavras compostas, podendo os seus elementos, no ato da leitura, separar-se distintamente uns dos outros, ou dar origem até mesmo a uma nova palavra que o autor sequer havia cogitado. Dessa forma, elas adquirem um poder germinador e são, como disse Joyce, "palavras fermentadas". Por essa razão, conferem um caráter onírico ao vocabulário do romance noturno do escritor irlandês, pois, no sonho, tal como descreveu Freud, cada imagem é instável e se modifica continuamente.

No Brasil, exemplos de recriação de palavras-valise de Joyce, assim como de outros recursos estilísticos presentes em *Finnegans Wake*, devem ser buscados, em primeiro lugar, na pioneira tradução de fragmentos do romance, assinada por Haroldo de Campos e Augusto de Campos, e também na tradução integral do livro, publicada mais recentemente em cinco volumes, assinada por Donaldo Schüler (*Finnicius Revém*, São Paulo: Ateliê Editorial, 1999-2003).

Sobre a tradução de fragmentos de *Finnegans Wake*, Haroldo de Campos opinou: "A tradução se torna uma espécie de jogo livre e rigoroso ao mesmo tempo, onde o que interessa não é a literalidade do texto, mas, sobretudo, a fidelidade ao espírito, ao 'clima' joyciano".[2]

Assim como a tradução dos irmãos Campos, a tradução de Donaldo Schüler também recria em português, dentro do "'clima' joyciano", o universo onírico do escritor irlandês. No entanto, a tradução de Schüler dá, a meu ver, um tom mais latino-americano e portanto bem particular ao sonho de Joyce.

[2] CAMPOS, Augusto de; CAMPOS, Haroldo de. *Panaroma do* Finnegans Wake. São Paulo: Perspectiva, 2001, p. 27. (A primeira edição é de 1962.)

Em *Finnicius Revém*, de Donaldo Schüler, a mescla de línguas utilizadas por Joyce é substituída pela mescla de diferentes falares do Brasil e, segundo o tradutor, também por expressões que são usuais em outros lugares, na África e na Ásia, em que se fala português. Além disso, na tradução de Schüler, se percebem bem mais do que no original as línguas latinas, em especial a espanhola: "Arre, seguro, todos amamos a pecquerrucha Niña Chorosa".

Na minha opinião, entretanto, um dos aspectos mais inovadores da tradução de Donaldo Schüler é a criação, a partir das palavras-valise de Joyce, que ele também recria em seu *Finnicius Revém*, de um novo recurso estilístico, que foi batizado, por mim e por Sérgio Medeiros, poeta e estudioso da obra de Joyce, de "palavra-cabide". No cabide literário, se penduram palavras, não peças de roupa! Alguns exemplos dessa criação de Schüler são: "fu massa", "má conha", "oi! tenta", "com'é dia", "Luz ia". A respeito do último exemplo citado, um Humpty Dumpty brasileiro diria: "Ora, significa 'Luzia' e 'Luz ia'. Veja bem, é uma palavra-cabide: dois termos retirados de dentro de uma só palavra e pendurados na frase como em cabides".

Ao contrário das palavras-valise, que aglomeram significados a partir da junção de duas ou mais palavras, as palavras-cabide são palavras usuais que expõem as suas partes significativas, como em cabides separados no espaço: elas desmembram o todo e mostram, numa concepção semelhante à do filósofo argelino Jacques Derrida, que o que é certo e "próprio" (como o substantivo próprio) porque tem uma identidade fixa, no final, dá margem a uma desconstrução do "adequado".

Num ensaio sobre a mescla de línguas em *Finnegans Wake*, Derrida opinou que a linguagem ambígua do romance de Joyce, como um todo, dá sempre margem a essa "desconstrução do 'adequado'". Na tradução de Schüler, essa ideia de Derrida parece ser reforçada pelas palavras-cabide, que, ao "desconstruir" o "adequado", poderiam estar exemplificando a ideia do filósofo francês de que princípios eternos e metafísicos têm base extremamente frágil e, em última análise, ambígua.

Além disso, assim como acontece com o termo *différance*, cunhado por Derrida em 1968, à luz de suas pesquisas sobre a teoria saussuriana e estruturalista da linguagem, também as palavras-cabide, ou pelo menos algumas delas, possuem um elemento irredutivelmente gráfico que não pode ser detectado no nível da voz. Nesse aspecto, a palavra-cabide também se distingue da palavra-valise, uma vez que esta última pode revelar seu significado numa leitura em voz alta, como aconselhava Joyce aos seus leitores.

As criações de Donaldo Schüler a partir do texto de Joyce, como as palavras decompostas comentadas acima, muito embora não estejam no texto original, são perfeitamente aceitáveis e válidas, sobretudo se levarmos em consideração a opinião do ensaísta italiano Umberto Eco de que a tradução de *Finnegans Wake* a cada passo diz, implicitamente, esta tradução não é uma tradução. Paradoxalmente, ainda de acordo com Eco, pelo mesmo fato de ser teoricamente intraduzível, o último romance de Joyce é também o texto mais fácil de traduzir, porque permite o máximo de liberdade inventiva e não cobra a obrigação de fidelidade em qualquer que seja o modo narrado.

No tocante à sua tradução, Schüler admitiu que o ato de traduzir para uma língua particular um romance como *Finnegans Wake*, em que tantas línguas se misturam, é efetivamente uma traição. Traduzir é sempre trazer outro universo linguístico ao nosso, completa Schüler, que também entende a tradução, parece-me, como paradoxo e desafio.

Na realidade, a tradução de Schüler não só traz outro universo linguístico ao nosso, mas impõe um outro universo linguístico ao texto de origem, numa espécie de tradução "antropofágica", que permite assimilar sob espécie brasileira a experiência estrangeira e, a partir daí, reinventá-la em termos nossos.

Quando o leitor percebe, já no primeiro parágrafo de *Finnicius Revém*, que o rio Liffey deságua na "ABahia", fica desde logo advertido sobre o teor das recriações de Donaldo Schüler. Poderá aceitá-las e fruí-las, ou rejeitá-las, no decorrer da leitura.

OS TRADUTORES DE *FINNEGANS WAKE*

Num ensaio intitulado "Ajudantes", o filósofo italiano Giorgio Agamben (dialogando com ideias desenvolvidas por Walter Benjamin no ensaio "Franz Kafka") fala sobre seres que não sabemos quem são, talvez sejam "enviados" do inimigo (o que explica por que insistem em ficar à espreita e espiar). Mesmo assim, assemelham-se a anjos, a mensageiros que desconhecem o conteúdo das cartas que devem entregar, mas cujo sorriso, cujo olhar e cujo modo de caminhar "parecem uma mensagem".[1]

Poderíamos pensar os personagens de *Finnegans Wake* como esses "ajudantes" descritos acima. Um dos habitantes do sonho joyciano é, aliás, um carteiro, Shaun, ou "Shaun Mac Irewick, briefdragger",[2] o desenterrador de fatos [126 FW], cuja função é tornar público um documento do qual ele não é nem autor nem conhecedor dos fatos ali descritos. A propósito da função de Shaun na narrativa de Joyce, Donaldo Schüler, tradutor do romance para o português, afirma que "no papel de carteiro, Mercúrio, Tot, lua, papa, ou Cristo, Shaun não passa de mensageiro, portador de uma luz que não vem dele. Isso lhe dói, os leitores fazem perguntas".[3]

Os ajudantes do sonho, ou pesadelo, de Joyce seriam essencialmente criaturas "crepusculares", semelhantes às personagens da obra de Franz Kafka, analisadas no ensaio mencionado acima. Cito uma passagem:

> [...] nenhuma delas tem lugar fixo nem contornos claros e inconfundíveis; nenhuma que não pareça prestes a subir ou a

[1] Agamben, Giorgio. *Profanações*. Selvino J. Assmann (apres. e trad.). São Paulo: Boitempo, 2007, p. 31.

[2] Em alemão, carteiro é Biefträger.

[3] Joyce, James. *Finnegans Wake/ Finnicius Revém*, v. 5. São Paulo: Ateliê Editorial, 2003, p. 67.

> cair; nenhuma que não se possa confundir com seu inimigo ou com seu vizinho; nenhuma que não tenha completado sua maioridade e que, no entanto, [não] seja imatura; nenhuma que não esteja completamente exausta, e, contudo, ainda [não] esteja no começo de uma longa viagem. Não se pode sequer falar de ordens ou de hierarquias.[4]

Tim Finnegan, personagem da canção popular que dá título ao último livro de Joyce, por exemplo, é uma dessas criaturas "crepusculares" que entra e sai da história sem que saibamos quem de fato é. Citando Joseph Campbell e Henry Morton Robinson, aliás, "o divertido episódio de Finnegan é apenas o prólogo de uma ação maior."[5] Ou, como opina Michel Butor, "a história de Finnegan, [...] se apresenta sob uma enorme amplificação e dá nascimento a muitas outras espécies de narrativas, através das quais se discernem pouco a pouco as constantes que definirão H.C.E.", [6] sendo H.C.E. o "herói" do livro.

Tim Finnegan desaparece nas primeiras páginas do romance. Completamente "exausto", ele abandona a sua longa jornada logo no início. Outros personagens tomam o seu lugar, H.C.E., Anna Livia Plurabelle, sua mulher, seus filhos, Shem e Shaun, os quais também desaparecem e reaparecem em metamorfoses contínuas, razão pela qual diria que, assim como os "ajudantes", esses personagens também não conseguem "concluir nada e ficam geralmente sem ter o que fazer".[7]

Para exemplificar a tese acima, cito um breve resumo que Donaldo Schüler fez do capítulo 13 do *Wake*: "No sonho", diz Donaldo:

[4] Benjamin, Walter. *A modernidade e os modernos*. Rio de Janeiro: Tempo Brasileiro, 1975, p. 83.

[5] Campbell, Joseph; Robinson, Henry Morton. *A skeleton key to Finnegans Wake*. Nova York: Buccaneer Books, 1976, p. 15.

[6] Butor, Michel. *Repertório*. São Paulo: Perspectiva, 1974, p. 163.

[7] Agamben, op. cit., p. 31- 32.

> [...] o bar fez-se barco, o barco se faz leito conjugal. Shaun, em que se concentra a ação, é um barril levado pela correnteza, é uma caixa repleta de cartas, é Diógenes em busca de um homem ou de uma verdade, é Cristo em cuja via crucis de catorze estações se formulam outras tantas perguntas. O movimento é textual, passa por perguntas e respostas.[8]

Sem uma função específica, exceto a de surgirem "no momento de perigo", os ajudantes são esses personagens que, segundo Agamben,

> [...] o narrador esquece no final da narrativa, quando os protagonistas vivem felizes e contentes até o final de seus dias; mas deles, dessa "gentalha" inclassificável à qual, no fundo, devem tudo, já não se sabe nada. No entanto, tentem perguntar a Próspero, quando demitiu todos os seus encantos e retornou, com os outros seres humanos, a seu ducado, o que é a vida sem Ariel.[9]

Mas, em se tratando de *Finnegans Wake*, quem são de fato seus protagonistas? São realmente múltiplos? Na opinião de Adaline Glasheen, é difícil identificar os protagonistas da obra de Joyce, ou quem viverá feliz para sempre, pois "um ator interpreta muitos papéis ao mesmo tempo", de modo que os personagens de *Wake* "são indicações frágeis (não modelos) de um processo amplo, denso, construído de maneira elaborada e em movimento perpétuo de variação regular, como estrelas, átomos, subátomos, células e galáxias: quem exatamente você disse que é é quem quando ... (*sic*)?".[10] Os personagens surgem em *Wake* como surgem em nossos sonhos, sem precisão nem clareza. Como disse Carlos Drummond de Andrade, "a noite dissolve os homens", na vida e nas páginas de Joyce.

[8] JOYCE, James. *Finnegans Wake/ Finnicius Revém*, v. 2. São Paulo: Ateliê Editorial, 2000, p. 11.

[9] AGAMBEN, op. cit., p. 32.

[10] GLASHEEN, Adaline. *Third census of Finnegans Wake: an index of the characters and their roles*. Los Angeles: Univ. of California, 1977, p. x.

Além desse caráter onírico de *Finnegans Wake*, responsável pela "dissolução" de seus personagens, o livro não tem um ponto final (mas desde quando os sonhos têm um ponto final?); portanto, qual personagem, poderíamos imaginar, vive "feliz e contente até o final dos seus dias"? Desse modo, pergunto-me se, em *Finnegans Wake*, não seriam todos os personagens apenas ajudantes, que circulam na narrativa a serviço da linguagem, essa sim a grande protagonista do livro.

A respeito da linguagem do *Wake*, William York Tindall afirma que o último romance do escritor irlandês "não é sobre ninguém, nenhum lugar, nenhuma época".[11] Seguindo essa tese, estudiosos têm afirmado, ao longo dos anos, que o romance nada mais é do que "um sonho sobre a linguagem",[12] ou que "o verdadeiro romance se passa entre Joyce e a linguagem".[13] Razão pela qual, Umberto Eco, ao se referir às traduções de *Finnegans Wake* realizadas pelo próprio Joyce para o francês e o italiano, afirmou que, mesmo para o autor/tradutor, "o tema era pretexto",[14] já que aquilo que ele procurava resguardar era "o princípio fundamental que rege o *Finnegans Wake*, ou seja, o princípio do *pun* e do *mot-valise*", isto é, Joyce procurava traduzir não a história do romance, mas a sua própria experimentação com a linguagem.[15]

A propósito da linguagem do *Wake*, eu a compararia ao Odradek, personagem de Kafka, "feito de linha, mas de pedaços de linha, cortados, velhos, emaranhados e cheios de nós, de tipos e cores diferentes".[16] Segundo Walter Benjamin, "Odradek é a forma que as coisas assumem

[11] Tindall, William York. *A reader's guide to Finnegans Wake*. Nova York: Syracuse University Press, 1996, p. 3.

[12] Butor, op. cit., p. 155.

[13] Campos, Augusto de. *Poesia, antipoesia, antropologia*. São Paulo: Cortez & Moraes, 1978, p. 9.

[14] Eco, Umberto. *Quase a mesma coisa*. Rio de Janeiro: Record, 2007, p. 363.

[15] Ibid., p. 358.

[16] Borges, Jorge Luis. *O livro dos seres imaginários*. Porto Alegre: Globo, 1974, p. 132.

no esquecimento. Desfiguram-se, tornam-se irreconhecíveis", tal como ocorre com a linguagem onírica de *Finnegans Wake*. Se Odradek, que ninguém sabe o que é, é "a preocupação do pai de família",[17] a língua do *Wake*, incompreensível, é o centro do romance. No quinto capítulo do livro, lemos (na tradução de Donaldo Schüler): "Sentes-te perdido como num matagal, menino? Dizes: Isso não é mais que puro e simples emiranhado de palavras: Macacos que me merdem se tenho a mais franga noção do sentido desse emmorrinhado todo"[FW 112].[18]

Nesse contexto, os ajudantes do *Wake* teriam a função de traduzir a língua do romance joyciano, numa situação parecida à dos ajudantes de *Mil e uma noites*, mencionados por Agamben, os quais "foram escolhidos entre os não-árabes; são estrangeiros entre os árabes, embora falem sua língua". Os personagens de *Finnegans Wake*, a despeito de serem irlandeses, são estrangeiros na Irlanda "colônia britânica" e, em razão do fato de circularem por duas culturas diferentes e duas línguas diferentes (ou mais culturas e línguas, já que antes dos ingleses chegaram, à Irlanda, os viquingues, os franceses), estariam mais aptos a traduzir um livro com sintaxe inglesa, todavia, repleto de falares e culturas diversas.

Sobre os ajudantes, Agamben afirma, ainda, que "uma de suas qualidades é a de serem 'tradutores' (*mutarjim*) da língua de Deus para a língua dos homens". O filósofo italiano prossegue citando Ibn-Arabi, autor de *Iluminações de Meca*, segundo o qual "todo mundo nada mais é que uma tradução da língua divina, e os ajudantes, nesse sentido, são os realizadores de teofania interminável, de uma revelação contínua".[19]

[17] Benjamin, op. cit., p. 99.
[18] Joyce, James. *Finnegans Wake/ Finnicius Revém*, v. 3. São Paulo: Ateliê Editorial, 2001, p. 29.
[19] Agamben, op. cit., p. 34.

Em *Wake*, os personagens se esforçam para traduzir tudo aquilo que é intraduzível, que é inatingível no sonho, na noite. Os ajudantes preparam nosso "Reino", mas "reinar", diz Agamben, "não significa satisfazer. Significa que o insatisfeito é o que permanece".[20]

Em *Finnegans Wake*, lembra Donaldo Schüler,

> [...] como escrita, Shaun desvela e esconde. A escrita, colocando-se em lugar de ausentes, distancia, mata. Mas é na mesma escrita que os mortos retornam como *remembrândtias*, obras de arte, imagens recolhidas e distribuídas por Shaun, o carteiro. O texto literário (de que Shaun é a superfície que divulga) mata HCE e ALP, guardados no esquife literário. Só na literatura HCE revém, só na literatura ALP é Anastásia, a Ressurreta.[21]

O ajudante seria, então, "a figura daquilo que se perde, ou melhor, da relação com o perdido". Ele representa a lacuna da tradução, a relação com o que se perdeu, e "o perdido não é para ser lembrado ou satisfeito, mas continuar presente em nós como esquecido, como perdido e, unicamente por isso, como inesquecível. Em tudo isso", afirma Agamben, "o ajudante é de casa. Ele soletra o texto do inesquecível e o traduz para a língua dos surdos-mudos", gesticulando, movimentando-se, pois "do inesquecível só é possível a paródia",[22] ou seja, na tradução, o que se perde só na paródia se recupera.

Mas, no romance de Joyce, que é nosso tema, afirma Schüler que, "dispersos, resignamo-nos com a perda do que se passa além de nossos horizontes ou ensaiamos a dolorosa marcha de retorno, enredados na imensidão efervescente do que não é nosso".[23]

[20] Ibid., p. 35.

[21] Joyce, James. *Finnegans Wake/ Finnicius Revém*, v. 5. São Paulo: Ateliê Editorial, 2003, pp. 65-66.

[22] Agamben, op. cit., p. 35.

[23] Joyce, James. *Finnegans Wake/ Finnicius revém*, v. 2. São Paulo: Ateliê Editorial, 2000, p. 19.

Por outro lado, quem relata também "não entende o que divulga. Busca alucinadamente socorro em teorias e obras de vária natureza. O que poderia ser enfadonha erudição mostra-se insaciável carência".[24]

Finnegans Wake constitui, desse modo, um esforço para se entender a natureza da língua do sonho. Mais do isso, parece-me, o livro suscita uma reflexão sobre a linguagem e a literatura como possibilidades de revelação da "verdade".

Em meio a essas carências, o ajudante/tradutor se esforça "para manter próximo de si um original cada vez mais distante, uma proto-imagem (*Urbild*), completamente perdida".[25] Ele lança seu olhar, como diz Walter Benjamin num outro contexto, "sobre a ambiguidade das passagens: sua riqueza de espelhos que aumenta os espaços de maneira fabulosa e dificulta a orientação. Ora, este mundo de espelhos pode ter múltiplos significados e até mesmo uma infinidade deles — permanecendo sempre ambíguo". Aos ajudantes não cabe mais nada a fazer.[26]

[24] Ibidem, p. 19.

[25] Antelo, Raúl. *Tempos de Babel:* anacronismo e destruição. São Paulo: Lumme, 2007, pp. 48-49.

[26] Benjamin, Walter. *Passagens*. Belo Horizonte: Editora UFMG, 2006, p. 583.

O *NONSENSE* EM *FINNEGANS WAKE*

Quando James Joyce se mudou para Paris com sua família, em 1920, a capital francesa era o centro vital dos modernistas. Joyce influenciou as novas tendências literárias dessa época e também se deixou influenciar por movimentos como o surrealismo, o dadaísmo, o cubismo etc. *Finnegans Wake* nasceu sem dúvida sob esse impulso experimental, mas o que eu gostaria de enfatizar aqui é que o referido romance igualmente incorporou com proveito, como não poderia, aliás, deixar de fazê-lo, a tradição literária de língua inglesa, e, nesse sentido, é grande sua dívida para com o *nonsense*, tal como este foi praticado por escritores da Inglaterra vitoriana. Caberia lembrar, porém, como observou Peter Gay,[1] que o *nonsense* inglês é um dos cernes do próprio modernismo europeu, e não apenas da obra de Joyce. Diante disso, pode-se concluir que alguns dos princípios da escrita posta em prática tanto por Joyce, sobretudo em *Finnegans Wake*, quanto por outros autores modernistas, como os surrealistas, remontam a Edward Lear e Lewis Carroll. Acredito então que o problema da estabilidade e da instabilidade no romance joyciano não poderia mais ser discutido sem levar em conta também, ou sobretudo, a herança *nonsense* que Joyce conhecia profundamente e que incorporou ao seu romance.

Numa carta, de 28 de março de 1928, de Joyce a Harriet Shaw Weaver, o escritor diz:

> Estou lendo sobre o autor de “Alice”.[2] Algumas coisas sobre ele são bem curiosas. Ele nasceu a poucas milhas de Warrington

[1] Gay, Peter. *Modernismo: o fascínio da heresia*. São Paulo: Companhia das Letras, 2009.
[2] Lewis Carroll.

(Daresbury),[3] e tinha de uma forte gagueira[4] e quando ele escreveu ele alterou o seu nome como Tristan e Swift. Seu nome era Charles Lutwidge do qual ele fez Lewis (i.e., Ludwig) Carroll (i.e., Carolus).[5]

Segundo Elizabeth Sewell, o *nonsense* "é um jogo no qual as forças da ordem, na mente, disputam com as forças da desordem, de modo que elas possam ficar em suspenso".[6] Quando se lê *Wake*, é exatamente isso que desconcerta o leitor, a ordem e a desordem são forças equivalentes. Lemos algo que parece, a princípio, não fazer sentido nenhum, mas, à medida que a leitura avança, percebemos que há nas frases um certo ordenamento, uma lógica que pode chegar até a ser evidente, de modo que ficamos perplexos entre a estranheza e a identificação, como se a escrita de Joyce, como diria Myriam Ávila a respeito do *nonsense*, ao mesmo tempo nos dissesse respeito e não dissesse respeito a coisa alguma.

A inexistência de um ponto de repouso entre presença e ausência de significado, a instabilidade da lógica e instauração da dúvida, que constituem o núcleo do *nonsense*, estão atuantes, portanto, também em *Finnegans Wake*.

Na sua obra *The books at the Wake*, James Atherton dedica um capítulo ao estudo da influência do escritor inglês Lewis Carroll, justamente um dos pais do *nonsense* vitoriano, sobre o último romance de James Joyce. De fato, entre a obra de Carroll e a de Joyce, as afinidades são muitas, e afirmar isso não é novo; é, ao contrário, reiterar aquilo que os estudiosos mais atentos já vislumbraram. O errôneo, a meu ver, seria ignorar esse diálogo entre ambos os escritores.

[3] Weaver, a "mecenas" de Joyce, nasceu em Warrington.
[4] Em *Finnegans Wake*, H. C. Earwicker, seu protagonista, também é gago.
[5] Ellmann, Richard. *James Joyce Letters*, v. I. Nova York: The Viking Press, 1966, p. 174.
[6] Hark, Ina Era. *Edward Lear: the complete verse and other nonsense*. Nova York: Penguin Books, 2002, p. xxiii.

Humpty Dumpty, personagem de uma canção infantil e um dos protagonistas de *Através do espelho*, de Carroll, é citado no *Wake* e poderia muito bem ilustrar o propósito da escrita de Joyce, como falarei a seguir.

A própria figura do Humpty Dumpty é desestabilizadora: ele é um ovo que não é um ovo propriamente dito. No livro de Carroll, Humpty Dumpty diz à menina Alice: "meu nome significa o meu formato... aliás um belo formato. Com um nome como o seu, você poderia ter praticamente qualquer formato".[7] Humpty Dumpty introduziu, nessa passagem, a questão do isomorfismo fundo-forma, tão óbvio em *Finnegans Wake*; basta citarmos, a esse respeito, o famoso capítulo VIII, que fala sobre rios e começa com o formato de um delta.

Ao mesmo tempo, esse isomorfismo parece arbitrário, tanto para Joyce quanto para Humpty Dumpty. Nem tudo tem o formato daquilo de que se fala: as gaivotas, ao final de *Wake*, poderiam fazer as palavras voarem aletoriamente pelas páginas do livro, mas elas as mantêm organizadas na forma tradicional.

A questão do valor dos enigmas, que todo leitor de *Finnegans Wake* conhece bem, também é tratada por Carroll nesse mesmo episódio de *Através do espelho*. Quando Alice faz perguntas, mesmo as mais óbvias, a Humpty Dumpty, ele as vê como enigmas a serem desvendados. É assim que, ao final de um longo diálogo, o ovo fala: "Que enigmas absurdamente fáceis você propõe!".[8]

Os enigmas de *Wake* também podem ser absurdamente fáceis de resolver; ou não... Mais uma vez voltamos à estabilidade e à instabilidade do sentido nesse romance, que oferece, por isso mesmo, uma experiência de leitura sem igual na história da literatura.

[7] Carrol, Lewis. *Aventuras de Alice no país das maravilhas; Através do espelho e o que Alice encontrou por lá*. Rio de Janeiro: Zahar, 2009, p. 239.

[8] Ibid., p. 240.

Assim como o hermeneuta Humpty Dumpty, Joyce, quando usa as mais estranhas palavras no *Wake*, parece querer que elas signifiquem exatamente o que ele quer que elas signifiquem, "nem mais nem menos", como diria o ovo de Carroll. Mas quando Alice alega que, no entanto, as palavras podem significar muitas coisas diferentes, Humpty Dumpty conclui que, na realidade, dizemos o que dizemos, "resta saber quem você é e está tudo resolvido". Abre-se, assim, a possibilidade de uma leitura infinita, embora "finita" para cada leitor.

A respeito do infinito, o romance de Joyce é circular; a última frase dele remete à primeira e assim recomeçamos infinitamente a sua leitura. Cabe lembrar que o romance *Sílvia e Bruno*, de Carroll, também apresenta essa estrutura circular, que, como se verifica, não é nova na literatura de língua inglesa.

A circularidade é uma característica também dos limeriques de Edward Lear, contemporâneo de Lewis Carroll, cuja influência na obra de Joyce mereceria estudo mais atento. Nos limeriques de Lear, o último verso remete ao primeiro e assim infinitamente. Além disso, as ilustrações desses versos, de autoria do próprio Lear, que também foi grande desenhista, criam um curioso espelhamento, multiplicando pessoas e situações, como se fossem infinitas.

Cabe lembrar ainda, voltando a Carroll, que Humpty Dumpty recita a Alice um poema sem final, o que deixa a menina perplexa. O ovo simplesmente afirma: "Acabou, até logo". Parece-me que é assim que Joyce também se despede dos leitores de seu *Wake*.

Porém, os elementos mais importantes do diálogo literário entre Joyce e Carroll talvez sejam as palavras-valise e os trocadilhos, ambos tão presentes na obra de Carroll e reutilizados com radicalidade por Joyce. O estilo do último Joyce talvez não existisse sem a incorporação dessa herança do mestre inglês. Tais jogos verbais partem de uma estabilidade semântica para chegar a uma multiplicidade de significados que geram a instabilidade.

É Humpty Dumpty quem explica a Alice o significado das palavras-valise, como se viu, as quais trazem pelo menos dois significados numa só palavra. Joyce construiu palavras-valise muito mais complexas do que essas, que trazem às vezes sentidos contrários, como "*laughtears*" (lágrimas-sorriso), por exemplo; e é aí que chegamos ao paradoxo, outro recurso lógico do romance.

Segundo Gilles Deleuze, a força do paradoxo reside em que eles não são contraditórios, mas nos fazem assistir à gênese da contradição. Os paradoxos nos levam, na análise de Deleuze, a duas direções, na medida em que são contrários ao bom senso e ao senso comum.

Alice parece ter razão ao afirmar, depois de longa conversa com Humpty Dumpty, que é bastante difícil "fazer uma palavra significar". Cabe então ao ovo admitir que "são temperamentais, algumas... em particular os verbos, são os orgulhosos... com os adjetivos pode-se fazer qualquer coisa, mas não com os verbos... contudo sei manobrar o bando todo! Impenetrabilidade! É o que eu digo".

A respeito da significação das palavras, Humpty Dumpty dá o seguinte conselho a Alice: "cuide dos sons que as palavras cuidarão de si mesmas". É praticamente o mesmo conselho de Joyce aos seus leitores: "quando estiver em dúvida, leia em voz alta".

Parece-me que Joyce buscava fazer uma obra total, talvez muito próxima, num certo sentido, à poesia "primitiva" que influenciou grandes nomes da vanguarda, como Artaud, Breton etc. A letra e o som, o sensível e o inteligível, o passado e o futuro teriam o mesmo peso. Para Jerome Rothenberg, aliás, "primitivo significa complexo", e ele esclarece:

> [...] é muito difícil decidir quais são precisamente os limites da poesia "primitiva", uma vez que frequentemente não há nenhuma atividade diferenciada como tal, mas as palavras ou vocábulos fazem parte de uma "obra" total maior que pode continuar por horas, até mesmo dias, numa direção. O que nós separaríamos como música & dança & mito & pintura também é parte dessa obra.[9]

Parece-me que James Joyce, a partir de certo momento de sua carreira literária, não sentiu mais necessidade de separar esses elementos entre si; aliás, aproveitava-os todos, por tudo o que já disse acima. Por isso, talvez, uma leitura performática de *Wake*, tal como a que John Cage fez (refiro-me, em particular, à sua composição *Roaratorio, de* 1979), hoje soe tão eficaz e seja tão coerente.

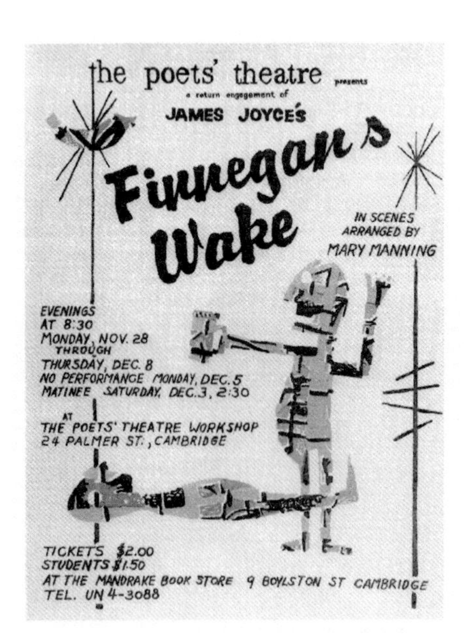

Cartaz de uma adaptação para o teatro de *Finnegans Wake*, de James Joyce, assinada por Mary Manning. A adaptação é de meados dos anos 1950 e foi encenada na mesma época no Poet's Theatre, em Cambridge, Massachussets (EUA).

[9] Ibid., p. 23.

OS ANOS DE ZURIQUE

No ano de 1915, fugindo da I Grande Guerra e do ambiente hostil em Triste, Joyce mudou-se com sua família para Zurique. O escritor não achou a cidade excitante, ao contrário, dizia que "os montes de açúcar" que circundavam a cidade de Zurique lhe davam claustrofobia.[1]

Mas, aos poucos, sua impressão de Zurique passou a ser outra. A cidade, "apesar do clima abafado e úmido", como Joyce fazia questão de frisar, "estava apinhada de refugiados",[2] entre eles artistas, cuja experimentação literária revigorava Joyce para o *Ulisses* e, diria, lançava ideias para o seu último romance, *Finnegans Wake*.

Em 1915, Hugo Ball e Emmy Hennings deixaram a Alemanha e também se estabeleceram em Zurique, na neutra Suíça numa época de guerra. Um ano mais tarde, abriram seu famoso Cabaré Voltaire, onde jovens artistas se apresentavam todas as noites. Nascia assim o movimento dadaísta, ou simplesmente Dada. Hugo Ball explicava: "a palavra dada vem do dicionário. É o que há de mais simples. Em francês ela significa 'cavalinho de pau'. Em alemão significa 'até logo', em romeno 'sem dúvida' ... uma palavra internacional".[3] Há que se lembrar que, nas apresentações do Cabaré Voltaire, os artistas "gritavam de maneira inexplicável e incoerente em qualquer língua que lhes viesse à cabeça". [4]A mescla de línguas era parte do movimento dadaísta.

Segundo Richard Ellmann, Joyce é por vezes erroneamente identificado com esse grupo, que, aliás, iria como

[1] Ellmann, Richard. *James Joyce*. Rio de Janeiro: Globo, 1989, p. 484.
[2] Ibid., p. 508.
[3] Gompertz, Will. *Isso é arte?* Rio de Janeiro: Zahar, 2013, p. 241.
[4] Ibid., p. 242.

ele para Paris depois da guerra.[5] De fato, Joyce não foi um seguidor dos dadaístas, mas isso não o impediu, porém, de incluir no seu último livro alguns princípios desse movimento artístico como, por exemplo, a mistura de muitas línguas. Há, como se percebe, um certo diálogo da sua obra com a arte (ou antiarte) que se fazia no mítico Cabaré Voltaire.

Wake é um livro poliglota, como o eram os saraus dadaístas. Além disso, em seu último romance, muitas palavras seguem o princípio da palavra "dada", ou seja, significam coisas diferentes em línguas diferentes, abrindo possiblidades múltiplas de leitura e acolhendo os leitores estrangeiros. Uma das frases mais instigantes de *Finnegans Wake*, que mereceu um ensaio de Jacques Derrida intitulado "Duas palavras por Joyce", é *He war*. O significado da palavra *war* é "guerra" em inglês e "foi/estava" em alemão. Desse modo, o leitor caminha "na escuridão por estradas diferentes", como afirma Ellmann ao falar sobre o processo de leitura do último romance de Joyce.[6]

Outro exemplo, dos muitos ao longo do livro que eu poderia citar, é a palavra *gift*, que em inglês significa "presente", "dádiva", mas que em alemão significa "veneno". No capítulo VIII do livro, a protagonista do romance, Anna Livia Plurabelle distribui exóticos "*birthdays gifts*" (venenos de aniversário ou presentes de aniversário) para os seus filhos.

O princípio dos dadaístas, segundo Ball, era o de que "toda a arte viva [...] será irracional, primitiva, complexa: falará uma língua secreta e deixará documentos não edificantes, mas paradoxais".[7] Não teria sido esse também um dos legados de *Finnegans Wake*? Se há uma língua secreta, essa, pode-se dizer, encontra-se no *Wake*.

[5] Ellmann, op. cit., p. 508.
[6] Ellmann, op. cit., p. 680.
[7] Goldberg, RoseLee. *A arte da performance*. Lisboa: Orfeu Negro, 2007, p. 70.

Harriet Weaver, sua benfeitora e leitora entusiástica, dizia que "sem um glossário" esse livro seria "um código incompreensível", pois "o pobre leitor perde grande parte de sua intenção; ele se atrapalha [...]".[8] Weaver aconselhou Joyce, então, a publicar o intrincado romance com um glossário, embora isso fosse contra as convicções do escritor.

Convém aqui recordar que o artista francês Francis Picabia dizia que "'toda página' nas mãos de um dadaísta deve explodir", e sentenciava: "A arte deve ser inestética ao extremo, inútil e impossível de explicar".[9]

Em 7 de agosto de 1924, Stanislaus Joyce, irmão do escritor, escreveu uma carta para ele em que falava de suas impressões do novo livro: "Recebi um fascículo do seu romance ainda sem nome na *translantic review*. Não sei se o palavreado debiloide sobre metade de um chapéu de baile e banheiros de senhoras (praticamente as únicas coisas que entendi nessa produção de pesadelo) é escrito com a intenção deliberada de dar uma rasteira no leitor ou não".[10]

O fato é que, afirma Ellmann, "a maioria de seus amigos tinha evitado fazer comentários sobre as primeiras seções do livro, esperando que houvesse mais dele disponível; mas quando perceberam que era quase todo escrito em *calembours* [trocadilhos], ficaram perplexos, depois irritados e finalmente indignados, tristes e irônicos".[11]

Não me parece, por isso mesmo, tão absurdo comparar os procedimentos de Joyce no *Wake* com os procedimentos dos dadaístas. Lembro que, no Cabaré Voltaire, "um número especialmente fascinante, sempre recebido com muita admiração pelo público, era o *poème simultané*, com três 'atores' lendo três poemas diferentes ao mesmo tempo".[12] Em *Finnegans Wake* vários narradores parecem

[8] Ellmann, op. cit., p. 721.
[9] Gay, Peter. *Modernismo*. São Paulo: Companhia das Letras, 2009, p. 151.
[10] Ellmann, op. cit., p. 712.
[11] Ellmann, op. cit., p. 718.
[12] Gay, op. cit., p. 152.

narrar o romance e todos falam juntos e contam ao mesmo tempo a sua versão dos fatos.

Um possível diálogo "explícito" entre o movimento Dada e os procedimentos de Joyce é fomentado pelo dramaturgo tcheco, radicado na Inglaterra, Tom Stoppard, na peça *Travesties*, um encontro entre o dadaísta Tzara e o escritor irlandês.

Do movimento dadaísta vem o movimento de André Breton. Com o surgimento do surrealismo (palavra inventada em 1917 por Guillaume Apollinaire), o Dada não morreu totalmente. Não podemos esquecer que, em 1923, o alemão Kurt Schwitters, um adepto tardio do movimento, viajou para a Holanda e lá ajudou a formar um "Dada holandês".[13]

André Breton, ex-dadaísta, afirmava que a arte, se existisse, deveria brotar de raízes mentais irracionais — de sonhos, hipnoses, alucinações e associações livres.[14] Breton tinha grande admiração por Freud, embora, dizem os estudiosos, conhecesse muito pouco a sua teoria.

Joyce também explorava a ideia de inconsciente nos seus monólogos interiores, e o seu último romance adentra audaciosamente o mundo onírico. *Wake* é um livro noturno. Nele, Joyce pôs a língua para dormir e ela expressou literariamente o seu maior pesadelo. Apesar do seu interesse pelo universo dos sonhos, Joyce, ao contrário de Breton, não parecia nutrir grande admiração pelos psicanalistas da época e costumava chamar o Doutor Jung de Tweedledum suíço e Freud de Tweedledee vienense, os atrapalhados personagens de *Através do espelho*, de Lewis Carroll.

A "abstração total" seria o legado inevitável dos surrealistas. Eles não faziam nenhuma tentativa de descrever o mundo conhecido. Em *Finnegans Wake*, o mundo que

[13] Goldberg, op. cit., p. 57.
[14] Gay, op. cit., p. 151.

Joyce apresenta a seus leitores é também uma "abstração", um mundo em grande parte desconhecido.

Eugène Jolas dizia encontrar no *Wake* uma "mistura de *nonsense* infantil e sabedoria antiga"; parecia, além disso, segundo ele, ter "sido preparado por dadaístas e surrealistas", contudo também observava, com muita pertinência, que "o avassalador senso de forma do livro de Joyce o distinguia da produção deles".[15]

O livro de Joyce bebe não só de fontes dadaístas e surrealistas; ele se vale, diria, da arte em geral que se fazia no seu tempo, mas sem pôr de lado, é claro, a arte do passado.

Assim como os artistas do cubismo, movimento lançado publicamente no salão dos independentes em Paris, em 1911, Joyce deformava as imagens e os personagens, apresentando-as de múltiplos pontos de vista. Foi o que também fez Picasso em seus retratos. Mas convém destacar que as "deformações extravagantes, às vezes atrozes, a que Picasso conseguia submeter o rosto e afigura humana tornam fácil esquecer que ele foi um dos desenhistas mais refinados na arte do século XX".[16]

Ellmann lembra que Joyce "se interessava pela variação e igualdade no espaço, pelo método cubista de estabelecer relações diferentes entre aspectos de uma mesma coisa, e pedira a Beckett que fizesse alguma pesquisa para ele das possíveis permutações de um objeto".[17]

Outro método cubista que talvez Joyce tenha incorporado ao seu *Wake* foi o de Jean Arp (também conhecido como Hans Arp), que se valia da técnica de usar materiais "vagabundos" (pedaços de jornais, pedaços de madeira etc.) para a composição de sua arte, como fizeram igualmente Braque e Picasso; mas, em vez de aplicar os materiais na superfície das pinturas, como seus antecessores, Arp os deixava cair do alto, permitindo que o acaso definisse a

[15] Ellmann, op. cit., p. 727.
[16] Gay, op. cit., p. 162.
[17] Ellmann, op. cit., p. 680.

composição. Vale lembrar que Joyce não queria pôr número de páginas no seu último romance, uma vez que o leitor deveria abrir o livro ao acaso e ali começar a sua leitura.

A propósito dos "materiais" usados por Joyce para compor o seu *Wake*, sabe-se que ele se valia de teorias filosóficas sofisticadas, de passagens da Bíblia etc., mas também utilizava fragmentos de jornais e de textos publicitários.

Se nos anos 1915-1919 Zurique viveu uma ebulição cultural e artística, nos anos seguintes, quando finda a guerra e Joyce se muda para Paris, é esta cidade que acolhe os artistas mais rebeldes da Europa e do mundo. Além de artistas do surrealismo, do cubismo e de outras escolas literárias, podia-se encontrar ali artistas inclassificáveis que desbravavam seu próprio caminho. Esse era o caso, por exemplo, da escritora norte-americana Gertrude Stein e do próprio James Joyce.

James Joyce em Zurique.

JOYCE E BECKETT: PÉS DIFERENTES NO MESMO SAPATO

Na biografia do escritor irlandês James Joyce, Richard Ellmann lembra que Samuel Beckett (1906-1989) foi por muito tempo o braço direito de Joyce: pesquisava temas que interessavam ao autor de *Ulisses*; foi um dos 12 ensaístas escolhidos por Joyce para falar sobre sua nova obra, *Finnegans Wake*, nessa época ainda intitulada *Work in progress*. Além disso, recorda Ellmann,

> [...] uma ou duas vezes ele [Joyce] ditou fragmentos de *Finnegans Wake* a Beckett, embora não gostasse de ditados; no meio de uma dessas sessões bateram à porta e Beckett não ouviu. Joyce disse, "entre" e Beckett escreveu isso. Quando Joyce leu depois o que Beckett havia escrito, disse: "O que é esse 'entre'?" "Sim, você disse isso", afirmou Beckett. Joyce refletiu um momento e disse: "Deixe ficar". Tinha muita disposição de aceitar o acaso como seu colaborador. Beckett estava fascinado e frustrado com o método singular de Joyce.[1]

Esse método, no entanto, aos poucos foi se incorporando à escrita de Beckett. Segundo o filósofo francês Alain Badiou: "Pouco a pouco, não sem hesitações nem arrependimentos, a obra de Beckett se abre para o acaso, para os incidentes [...] e, portanto, para a ideia de felicidade. A última palavra de *Mal vu mal dit* é justamente: 'Conhecer a felicidade'".[2] Em *O inominável* (1949), lemos: "ninguém me obriga, não há ninguém, é um acidente, é um fato".

Entre o último Joyce, o de *Finnegans Wake* (1939), e Beckett, podemos perceber, no entanto, outros aspectos comuns, que serão tratados aqui e que vão de encontro à opinião de muitos estudiosos que preferem ler as suas

[1] Ellmann, Richard. *James Joyce*. Rio de Janeiro: Globo, 1989, p. 799.
[2] Badiou, Alain. *L'increvable désir*. Paris: Hachette Littératures, 1995, p. 39.

respectivas obras a partir das diferenças, apontadas, aliás, pelo próprio Beckett.

O estudioso italiano Aldo Tagliaferri afirma que os leitores irão detectar em Beckett "traços de ideias ou temas já incorporados na obra de Joyce". O mesmo Tagliaferri opina, entretanto, que o escritor mais jovem se rebelou contra o mais velho, desejando subverter sua estética, "pelo fato de Beckett agastar-se cada vez mais com a consciência de que Joyce, seu ancestral literário mais próximo, tendia, de fato, a oprimi-lo fortemente, não é de surpreender que a poética do *Finnegans Wake* tenha representado o alvo central dessa subversão".[3]

Independentemente da tentativa de Beckett de subverter os métodos do último Joyce, a meu ver, ambos compartilham uma mesma desconfiança para com a linguagem, da qual se origina uma fala incessante e que tende a gerar, na obra de ambos, personagens obscurecidos pela voz, ou seja, personagens sem corpo, à beira da morte, quase inconscientes. Esses personagens, feitos de linguagem, acentuam e traduzem a atmosfera de sonho, de devaneio de suas obras.

Para descrever essa atmosfera noturna de *Finnegans Wake*, Joyce se valeu de uma linguagem não convencional, criou um idioma próprio (um dialeto joyciano) misturando cerca de 65 línguas e desmembrando e aglutinando palavras. Esse dialeto, segundo Joyce, seria "capaz" de traduzir, entre outras coisas, o inconsciente da mente durante o sono. Ele dizia "quando a manhã chegar tudo voltará ao normal".

Em razão dessa experimentação linguística, muitos estudiosos afirmam que *Finnegans Wake* "não é sobre ninguém, nenhum lugar, nenhuma época", que o romance nada mais é do que "um sonho sobre a linguagem". Antes mesmo de *Finnegans Wake* estar concluído, Samuel Beckett

[3] Tagliaferri, Aldo, "Joyce e Beckett: leitura terminável e interminável". In: Nestrovski, Arthur (org). *Riverrun. Ensaios sobre James Joyce*. Rio de Janeiro: Imago, 1992, p. 172.

opinou que *Wake* não era um livro "sobre alguma coisa", era "a coisa em si".

Se, por um lado, o último romance de Joyce constitui um esforço para se entender a natureza da língua num momento de sonho (e, diria, não sem ironia, também de vigília do escritor), por outro lado, parece-me também que o livro suscita uma reflexão sobre a linguagem e a literatura como possibilidades de revelação da "verdade", verdade essa, de acordo com o escritor e ensaísta francês Maurice Blanchot, sempre inatingível:

> [...] a linguagem só começa com o vazio; nenhuma plenitude, nenhuma certeza, fala; para quem se expressa falta algo essencial. A negação está ligada à linguagem. No ponto de partida, eu não falo para dizer algo; é um nada que pede para falar, nada fala, nada encontra seu ser na palavra, e o ser da palavra não é nada. Essa fórmula explica por que o ideal da literatura pôde ser este: nada dizer, falar para dizer nada.[4]

Retomando a desconfiança de Joyce com relação à linguagem, enquanto possibilidade (eis aqui a sua miséria) de revelação de uma verdade, podemos dizer que a mesma desconfiança aparece em Samuel Beckett. Ou seja, assim como o autor de *Finnegans Wake*, Beckett também não acreditava que a linguagem pudesse revelar alguma verdade transcendente.

Sobre Beckett, Alain Badiou afirma que ele é

> [...] um escritor do absurdo, do desespero, do vazio, da incomunicabilidade e da eterna solidão, em suma, um existencialista. Mas também um escritor "moderno", no que diz respeito ao destino da escritura, à ligação entre a repetição da linguagem e o silêncio original, à função simultaneamente sublime e irrisória das palavras, tudo isso teria sido capturado pela prosa, muito aquém de toda intenção realista ou representativa, a ficção sendo ao mesmo tempo a aparência de uma narração

[4] Blanchot, Maurice. *A parte do fogo*. Rio de Janeiro: Rocco, 1997, p. 312.

> e a realidade de uma reflexão sobre o trabalho do escritor, sua miséria e sua grandeza.[5]

Nesse sentido, sabe-se que o grande tema de *Finnegans Wake* é uma carta encontrada por uma galinha num monte de lixo, metáfora, quem sabe, da "miséria" do escritor, como fala Badiou. A carta é analisada à exaustão ao longo de todo o romance, sem que se consiga chegar a uma conclusão a respeito de seu conteúdo, ou mesmo de seu real autor. Escritor e escritura são postos à prova e poder-se-ia dizer que, assim como em Beckett, sua "miséria e grandeza" se revelam.

Aldo Tagliaferri opina, entretanto, que a diferença entre Beckett e Joyce está na crença do autor de *Ulisses* na linguagem (numa leitura que vai de encontro à leitura que proponho neste ensaio):

> *Finnegans Wake* podia concluir-se como uma arca satisfeita com as mil fechaduras e encerrando um revirado e todavia mimético aleph, nada mais do cosmos externo, ausência, vazio não levado seriamente em consideração, satisfeito de possuir em si mesmo as próprias chaves, "The keys to. Given!" (As chaves para. Dadas!) [FW 628]. Já a trilogia beckettiana [*Molloy, Malone morre, O inominável*] rejeita as chaves da autoidentificação mimética como inúteis [...] as portas e as cancelas encontram-se sem fechaduras [...]. A obra [de Beckett] é progressivamente reabsorvida, fascinada pela hipótese da própria ausência.[6]

Numa entrevista, Beckett afirmou que a diferença entre ele e Joyce consistia no fato de Joyce ser

> [...] um supremo manipulador do material — talvez o maior. Fazia as palavras trabalharem ao máximo. Não há sílaba que seja supérflua. Numa obra como a minha, não sou o senhor do meu material. Quanto mais Joyce sabia, tanto mais ele podia. Ele tendia para a onisciência e a onipotência enquanto

[5] Badiou, op. cit., p. 6

[6] Tagliaferri, op. cit., p. 170.

artista. Eu lido com a impotência, a ignorância. Não acho que a impotência tenha sido explorada no passado.[7]

Podemos pensar, no entanto, indo de encontro à afirmação de Tagliaferri e Beckett, respectivamente, que, em *Finnegans Wake*, Joyce até poderia ter as "chaves" da sua linguagem, mas não sabemos a quem elas são úteis. A frase do romance é clara: "*the keys to.*" ("as chaves para."). "*To whom?*" (para quem?), pergunto-me. Para o leitor, essas chaves abrem salões destruídos pela manipulação excessiva da língua, que explode cada palavra, cada vocábulo e nos encaminha para o vazio da linguagem. Parece-me, portanto, que, quanto mais Joyce sabia, tanto mais estava consciente de que a linguagem encerrava uma impossibilidade de comunicação; por isso talvez a necessidade de recorrer às experimentações linguísticas, às reinvenções de fábulas, às citações. Mas nada disso é suficiente em *Wake*: "Isso não é língua em nenhum lugar do mundo" [FW 83].

Uma frase do protagonista de *O inominável* serviria para analisar *Finnegans Wake*: "tudo cede, tudo se abre, anda à deriva".

Parece-me que o excesso da linguagem em *Finnegans Wake* e a aridez da linguagem em Beckett resultam numa língua cansada, que submete o sujeito da voz a uma "tortura intolerável", como afirma Badiou.

A respeito dos personagens de Beckett, Badiou afirma:

> [...] a escritura, esse lugar da experimentação, vai anular as outras funções primitivas da humanidade: o movimento, a relação com o outro. Tudo se reduz à voz. Plantado num jarro ou cravado numa cama de hospital, o corpo, cativo, mutilado, agonizante, é apenas o suporte quase perdido de uma fala.[8]

Em *Finnegans Wake*, a linguagem também "reduz" os personagens à voz. Em *Wake*, os personagens já não têm

[7] Andrade, Fábio de Souza. *Samuel Beckett: o silêncio possível.* Cotia: Ateliê Editorial, 2001, p. 186.

[8] Badiou, op. cit., p. 33.

mais contornos fixos nem definidos, estão em constante metamorfose.

Maurice Blanchot, ao falar dos personagens da obra de Beckett, questiona:

> [...] quem fala nos livros de Samuel Beckett? Quem é esse "Eu" incansável, que aparentemente diz sempre a mesma coisa? Aonde ele quer chegar? O que espera esse autor, que, afinal, deve estar em algum lugar? O que esperamos nós que lemos? Ou então ele entrou num círculo onde gira obscuramente arrastado pela fala errante, não privada de sentido mas privada de centro, fala que não começa nem acaba, mas é ávida, exigente, que nunca termina e cujo fim não suportaríamos, pois então teríamos de fazer a descoberta terrível de que, quando se cala, continua falando, quando cessa, persevera, não silenciosamente, pois nela o silêncio se fala eternamente.[9]

As questões levantadas por Blanchot em relação à obra de Beckett poderiam servir a um leitor de *Finnegans Wake*. Segundo Donaldo Schüler, em *Finnegans Wake* tudo fala, todos falam. Somos perturbados pela abundância, pela fala ávida, sem fim, para empregar os termos de Blanchot. Habituados que éramos a ser conduzidos, somos intimados a decidir.

Uma outra semelhança entre Joyce e Beckett é a musicalidade de suas respectivas narrativas. Segundo Beckett, em *Finnegans Wake*, "forma é conteúdo, e conteúdo é forma."

Alain Badiou afirma que "frequentemente se disse que para Beckett, bem como para outros escritores depois de Flaubert, somente a música interessava. E que ele foi um inventor de ritmos e pontuações".[10] Ana Helena Souza, estudiosa e tradutora de Beckett, no estudo que acompanha

[9] Blanchot, Maurice. *O livro por vir*. São Paulo: Martins Fontes, 2005, p. 308. Em *Fim de partida*, por exemplo, o personagem Hamm fica enfurecido com a conversa infinita entre Nagg e Nell: "Hamm: (exasperado) Vocês não acabaram? Não vão acabar nunca? (Subitamente furioso) Isso não vai acabar nunca! (Nagg se enfia no latão, fecha a tampa. Nell não se move) Mas do que eles falam? De que se pode ainda falar? (Fora de si) Meu reino por um lixeiro. (Apita. Entra Clov) Leve daqui esses restos! Atire-os no mar!".

[10] Badiou, op. cit., p. 13.

a sua tradução de *Como é*, lembra que os acentos nas suas narrativas funcionam como pontos de luz na escuridão.

Por fim, não poderia deixar de relacionar os monólogos, ou pseudo-diálogos, de Beckett com o grande monólogo que pode ser *Finnegans Wake*, uma vez que muitos estudiosos acreditam que esse romance esteja sendo todo narrado por uma só pessoa, e mesmo quando há diálogos nele, esses sairiam todos da imaginação de um só personagem ou narrador.

Quanto a Beckett, Ana Helena Souza afirma que ele

> [...] se definia como um escritor que trabalhava com a falha, a subtração, a precariedade. Colocava-se no polo oposto ao de James Joyce que alcançara, segundo expressão do próprio Beckett, a "apoteose da palavra". Por outro lado, era consciente de que seu *work in regress* (referia-se assim a *Como é*) tendia a se encontrar em algum ponto com o modo de composição joyciano do *work in progress*, que incluía constantes acréscimos às provas do texto. Esta tendência à adição só surge em Beckett como a proliferação de algo mínimo e a partir de situações aparentemente sem saída. É o que se vê na última parte desse livro, quando o narrador, abandonado por Pim e já se admitindo no fim de suas forças criativas ("tudo isso quase branco nada a sair disso quase nada nada a introduzir eis o mais triste a imaginação em declínio tendo atingido o fundo", p. 116), inventa uma multidão de seres iguais a ele, engendrando uma procissão infinita de repetição e ignorância.[11]

O fato é que, não podemos deixar de reconhecer, uma das grandes influências literárias de Beckett teria sido realmente a obra do escritor irlandês James Joyce, a ponto de Edna O'Brien, biógrafa de Joyce, lembrar que "a adoração de Beckett pelo mestre era tal, que ele usava os mesmos números de sapato dele, apesar de ter os pés bem maiores [...]".[12]

[11] Beckett, Samuel. *Como é*. São Paulo: Iluminuras, 2003, p. 167.
[12] O'Brien, Edna. *James Joyce*. Rio de Janeiro: Objetiva, 1999, p. 157.

RIVERÃO, RIVERRUN: GLAUBER, ROSA E JOYCE

Riverão Sussuarana (1977), de Glauber Rocha, é antes de tudo uma grande homenagem ao escritor mineiro Guimarães Rosa.

No romance, entre fatos reais e imaginários, Glauber conta (empregando estranha ortografia, criada por ele mesmo) como conheceu Guimarães Rosa, no ano de 1965, num congresso em Los Angeles, e como foi a viagem — essa imaginária — que fez com o escritor mineiro pelo sertão, onde "Seu Rosa soprou estórias fogueiras" e "montado no pampa tirou fotografias Polaroide Russa, Super 8 Video Nipônico", acompanhado de Linda, a amada de Riverão, herói jagunço da ficção de Glauber, a qual, "montada no Papagayo, voou sobre a boiada que se mexia na primeira manhã da viagem [...]".

O imaginário do sertão nordestino que Guimarães Rosa expõe em *Grande sertão: veredas* é o mesmo que encontramos em *Riverão Sussuarana.* Além disso, assim como os personagens de Rosa, os de Glauber também falam "português Bugre misturado às contribuições milionárias de todos os erros como queria Oswald de Andrade", como se lê em *Riverão Sussuarana.*

Se Guimarães Rosa é, conforme se verifica, referência explícita nessa obra, já o escritor irlandês James Joyce aparece nela de forma mais sutil, nas entrelinhas. Contudo, sua presença no romance não é menos relevante que a de Rosa. Sabemos que Rosa foi leitor de Joyce e absorveu-lhe importantes conquistas técnicas, introduzidas no romance *Ulisses*, de 1922.

Apesar de não perdoar o escritor mineiro "por causa daquela vaidade que o levou à tomada de poder Akhadhemya Brazyleyra de Letraz", Glauber considerava Guimarães Rosa superior a Joyce. Lemos, em *Riverão Sussuarana*, que "Rosupera James Joyce/ Grande Sertão: Veredas is melhor than Ulysses. Porque enquanto Joyce sublima a decadência/ Rosa trepa no sertão [...]".

Embora relegue o escritor irlandês James Joyce a segundo plano, em passagens críticas como essa, eu poderia afirmar que *Riverão Sussuarana* e *Finnegans Wake* (1939) possuem muitos pontos em comum, certamente buscados conscientemente por Glauber, que parece à vontade ao avaliar criticamente o legado do mestre de Dublin.

O último romance de Joyce, assim como o romance de Glauber, é uma espécie de compêndio da história, misturando fatos reais com imaginários, o diário e a biografia com a ficção.

Sabe-se que, em *Finnegans Wake*, o escritor irlandês recontou ou questionou a história do seu país numa forma narrativa que rompeu a fronteira entre história e ficção.

Em *Riverão Sussuarana*, Glauber também reconta e questiona, quase em tom de desabafo, a história do Brasil, como se lê na seguinte passagem do romance:

> Que Revolução? A de 1930 foi liderada em nome do desenvolvimento da industrialização, do Estado intervindo em benefício da burguêzya industrial, uma classe proprietaria moderna em relação ao aristocratismo latifundista destes gerais... é a velha guerra entre Barões da Terra e Empresários Portuários, boiadeiros e fabricantes de foguetes ... o Brazyl é arcaico, filho de um Portugal atrazado, pobre, inculto ... Ninguém na Semana de Arte Moderna falou na Revolução. A Coluna não tinha pensamento, rodou soprada pelo Humanyzmo e se perdeu nas caoticas guerras expressas no suicídio de Getulyo.

Quanto a Joyce, na sua ficção, o escritor tentou, por assim dizer, subverter a história, que ele via tanto como uma crônica de violência e opressão, quanto como um passado fixo que exclui outros possíveis passados e assim delimita o presente.

Há em *Riverão* o seguinte questionamento: "— A Hystória ou o Homem? Não é para o nada mas para a mudança da Natureza pelo homem".

Tanto em *Finnegans Wake* quanto em *Riverão Sussuarana*, temos uma versão bastante livre da história, cujo centro, para Joyce, é a Irlanda, e, para Glauber, o Brasil.

Serviriam talvez para descrever *Riverão Sussuarana* as mesmas palavras que Joseph Campbell e Henry Morton usaram para descrever *Finnegans Wake*: "é um estranho livro, um misto de fábula, sinfonia e pesadelo — um monstruoso enigma [...]".[1] Mas um enigma que encerra também a história, ou questiona sua possibilidade de falar a verdade.

Enquanto "a mecânica" de *Wake* se assemelha à mecânica do sonho que "libertou o seu autor da lógica comum", a insônia, que leva à fadiga e ao cansaço, como diria o escritor francês Maurice Blanchot, teria sido, a meu ver, o processo criador de Glauber em *Riverão*.

No início do romance de Joyce, o protagonista cai e morre, ou sonha que morre. A sua queda é anunciada com destaque nas páginas iniciais de *Finnegans Wake*.

No final de *Riverão*, o protagonista também morre — "[...] morri seu Rosa traído mas de frente no berro do ataque [...]" —, mas ressurge lúcido, na página seguinte, tangendo uma boiada. É como se apenas tivesse piscado os olhos, tirado uma soneca. A propósito, esse tipo de experiência que rompe as fronteiras entre a vida e a morte, a lucidez e o sonho, é tipicamente joyciana.

O fato é que, no romance de Glauber, o herói não pode dormir; por isso, ele grita, como se lê na última página

[1] Campbell, Joseph; Robinson, Henry Morton. *A skeleton key to Finnegans Wake*. Nova York: Buccaneer Books, 1976, p. 13.

do livro. Diz o protagonista que "se dormisse pra sonhar a Onça me comeria". Curiosamente, o herói do sertão, num sentido metafórico e psicológico, é também a própria onça. Assim, o livro de Glauber se insere numa importante vertente da literatura brasileira que retoma os mitos indígenas e tem a onça como protagonista e modelo heroico.

Fico pensando se essa onça não encerraria um produtivo diálogo com o conto "Meu tio o Iauaretê", de Guimarães Rosa, que narra a transformação de um caçador caboclo em onça...

Ou não seria essa onça o próprio escritor Guimarães Rosa? Nesse sentido, Sussuarana, o *alter ego* de Glauber, teria medo de ser devorado por Guimarães, seu mestre maior. Nos mitos indígenas, convém lembrar, os xamãs se transformam em onça, animal sagrado. Os xamãs também são, além disso, cantores e narradores, nas aldeias onde vivem. Assim, eles equivalem, *grosso modo*, aos nossos poetas e escritores, na medida em que têm visões e visitam "outros" reinos, que depois narram em palavras.

De fato, o narrador do romance de Glauber luta para não dormir, para não sonhar, e nesses momentos em que ele não é mais onça e sim apenas homem sobrevêm relatos lúcidos e dolorosos, como o que descreve os momentos anteriores à morte de sua irmã Anecy Rocha:

> [...] a morte de minha irmã Anecy Rocha, no Marçabril carioca de 1977, arrebentou a estrutura de "Riverão Sussuarana". Ela estava aqui na copa numa tardomingueira e naquele dia de manhã a encontrei na Rua Voluntarios da Patria, Botafogo, com o filho dotivo vindo do apartamento do marido para tomar café na casa de minha mãe, Rua das Palmeiras, nos cumprimentamos afetuosos sem beijos e abraços, olhei as revistas e jornais na Banca e ela me disse para não tomar o Elevador da Frente, que estava quebrado, e sim o dos fundos, em caso de subir para falar com o marido que dormia.

Gostaria de me deter, antes de encerrar este breve comentário, novamente na questão da insônia, a qual, segundo Maurice Blanchot, provoca a imprecisão da palavra: "Admitamos que o cansaço torna a palavra menos exata, o pensamento menos falante, a comunicação mais difícil, será que, com todos estes sinais, a inexatidão característica deste estado não atinge uma espécie de precisão que finalmente serviria também à palavra exata, propondo algo a incomunicar?".[2]

Além disso, o cansaço, como opina o escritor e pensador francês, "é repetição, desgaste de todo começo".[3] É o movimento ininterrupto da escrita tal como a vemos no *Wake*, de Joyce, e no *Riverão*, de Glauber, em que o narrador "se perde" no fluxo da escrita.

Lembro, porém, que, como diria Roland Barthes, o direito ao cansaço faz parte do novo, ou seja, as coisas novas nascem da canseira, "da encheção". O cansaço, portanto, seria criador, a partir do momento em que se aceite entrar para a sua ordem, conclui Barthes.

Cabe lembrar ainda que em *Ulisses* e *Finnegans Wake*, de Joyce, e em *Riverão Sussuarana*, de Glauber, os gêneros se misturam e se sobrepõem: estamos diante de um romance, de um poema, de um monólogo, de uma peça de teatro, de uma descrição jornalística... Tudo se confunde, ganha importância e destaque. São textos múltiplos e inclassificáveis, como seus autores.

[2] BLANCHOT, Maurice. *A conversa infinita 1*. São Paulo: Escuta, 2001, p. 21.
[3] Ibid., p. 21.

FINN'S HOTEL: FRAGMENTOS DO *WAKE*

No prefácio de *Giacomo Joyce* (Iluminuras,1999), de James Joyce, o tradutor José Antonio Arantes conta que, em 1993, *Finn's Hotel* deveria ter sido publicado pela Viking Press, mas Stephen Joyce, neto do escritor irlandês e administrador do seu espólio, não permitiu a publicação da obra, que seriam excertos de *Finnegans Wake* descobertos por Danis Rose ao pesquisar os manuscritos do romance.

Desde aquela época, *Finn's Hotel* gera controvérsias nos meios acadêmicos. Para o curador da Fundação James Joyce de Zurique, Fritz Senn, com quem troquei e-mails sobre o tema, "*Finn's Hotel* não é um livro de Joyce, é uma coleção dos primeiros rascunhos de *Finnegans Wake*. Já Danis Rose acredita que em algum momento Joyce quis publicá-los como um livreto". Esses primeiros rascunhos foram colhidos na Fundação James Joyce de Zurique entre as anotações de *Finnegans Wake*.

Finn's Hotel, independentemente de terem sido pequenas anotações não aproveitadas por Joyce em *Finnegans Wake*, ou de ter sido concebido como um livro autônomo, é um mimo para os leitores e admiradores da obra de James Joyce, que a Companhia das Letras oferece na tradução de Caetano Galindo.

Quando se lê *Finn's Hotel*, é, no entanto, inevitável não pensar em *Finnegans Wake*. Os pequenos "épicos" do livro recém-lançado ensaiam muito timidamente uma brincadeira com a linguagem, que ganhará dimensões extraordinárias no *Wake*. Em *Finn's Hotel*, Joyce não mistura tantas línguas, como o fez no seu último romance, mas faz uso de aliterações, assonâncias e neologismos, que vão reaparecer mais tarde em *Finnegans Wake*, como se pode verificar no seguinte trecho de "*A tale of a tub*" ("Uma história de um tonel"):[1] "*where pious Kevin lives alone on an isle in the lake*" ("onde pio vive Kevin solitário numa ínsula do lago").

Há outras passagens, todavia, que dialogam efetivamente com o último romance de Joyce, como "*Here's lettering you*" ("Eis que te carto"), que nada mais é do que uma carta assinada por Anna Livia Plurabelle Earwicker, que será a futura heroína de *Finnegans Wake*, casada com Humphrey Chimpden Earwicker e também autora de uma carta cujo conteúdo inocenta seu marido de um suposto crime cometido. "*The staves of memory*" ("Bordões da memória") vai se transformar, no *Wake*, no quarto capítulo do livro II: as quatro ondas irlandesas do conto serão, no livro seguinte, os quatro juízes que registram o sonho de H.C.E.

O conto intitulado "*Here Comes Everybody*" ("Homem Comum Enfim") foi sem a menor sombra de dúvida reformulado e absorvido pelo segundo capítulo do livro I de *Finnegans Wake* (basta comparar os dois textos no original), mesmo que Danis Rose afirme categoricamente que "esses episódios 'bônus' nunca foram absorvidos pelos textos posteriores de Joyce e dão ainda mais vigor à ideia de uma obra intermediária autônoma (conquanto abortiva)":[2]

> Concerning the genesis of Harold or Humphrey Coxon's agnomen and discarding once for all those theories from older sources which would link him back with such pivotal ancestors as the Glues, the Gravys and the Earwickers of Sidham in the hundred of manhood or proclaim him a descendant of vikings who had founded or settled in Herrick or Eric, the best authenticated version has it that it was this way (*Finn's Hotel*)

> Now (to forebare for ever solittle of Trees and Lili O'Rangans), concerning the genesis of Harold or Humphrey

[1] As traduções de fragmentos de *Finn's Hotel* são todas de autoria de Caetano Galindo.

[2] Joyce, James. *Finn's Hotel*. Caetano W. Galindo (trad.). São Paulo: Companhia das Letras, 2014, p. 24.

> Chimpden's occupational agnomen (we are back in the presurnames prodromarith period, of course just when enos chalked halltraps) and discarding once for all those theories from older sources which would link him back with such pivotal ancestors as the Glues, the Gravys, the Northeasts, the Ankers and the Earwickers of Sidlesham in the Hundred of Manhood or proclaim him offsproud of vikings who had founded wapentake and seddled hem in Herrick or Eric, the best authenticated version, the Dumlat, read the Reading of Hofed-ben-Edar, has it that it was this way. (*Finnegans Wake*)

Além disso, Kevin ou Kevineen, o personagem de alguns contos de *Finn's Hotel*, como o já citado "*A tale of a tub*", metamorfoseia-se, em *Finnegans Wake*, em Shaun ou Kev, um dos filhos de H.C.E. e Anna Livia Plurabelle.

Finn's Hotel foi escrito em 1923, justamente quando Joyce teria começado a escrever *Finnegans Wake*. Em 11 de março de 1923, Joyce enviou uma carta para Harriet Weaver, sua benfeitora, em que dizia: "Ontem escrevi duas páginas — a primeira desde o *Sim* final de *Ulisses*. [...] *Il lupo perde il pelo ma non il vizio*, dizem os italianos. O lobo pode perder sua pele mas não seu vício ou o leopardo não pode mudar suas pintas" (tradução da autora).[3] Segundo Richard Ellmann, essas duas páginas teriam sido inseridas de forma amplificada no final do terceiro capítulo, do livro II, do *Wake*.

Passados alguns dias, em 28 de março de 1923, Joyce enviou outra carta a Weaver: "eu tentarei lhe enviar a 'exegese' do episódio de Cila e Caríbdis antes de ir para o hospital [Joyce iria tratar de um problema na vista, que o atormentou, especialmente, no ano de 1923]".[4]

O título de um dos contos de *Finn's Hotel* é "*Issy and the dragon*" ("Seus encantos dela", na tradução de Galindo; numa tradução literal seria, porém, "Issy e o dragão"), e

[3] Ellmann, Richard (org.). *James Joyce letters*, v. 1. Nova York: The Viking Press, 1966, p. 202.

[4] Ellmann, Richard (org.). *James Joyce letters*, v. 3. Nova York: The Viking Press, 1966, p. 73.

permito-me, aqui, especular que esse título teria relações com o episódio de Cila e Caríbdis[5], citado por Joyce na carta enviada a Harriet Weaver. Lembro que Issy é uma das protagonistas do *Wake* e incorpora nesse romance muitas figuras mitológicas, entre elas, Cila, uma bonita moça transformada em monstro marinho, numa das versões do mito. Caríbdis é também um monstro marinho feminino ou, quem sabe, um *dragon* ou dragão, como Joyce, a meu ver, parece ter se referido a ele no título do conto.

Traduzir nunca será uma simples tarefa mecânica em que um indivíduo "conhecedor de duas línguas vai substituindo, uma por uma, as palavras de uma frase na língua A por seus equivalentes na língua B", como afirma Paulo Rónai. As dificuldades da tradução ainda se multiplicam quando se traduzem, por exemplo, textos experimentais, como os de James Joyce, Gertrude Stein, Guillaume Apollinaire, Stéphane Mallarmé e tantos outros. Em textos dessa natureza, que não têm uma linha narrativa precisa e linear, o contexto é fugaz e as palavras parecem estar soltas entre divagações abstratas que conduzem o tradutor para diferentes direções. Nesse caso, determinada palavra, sem uma explicação anterior ou posterior, permitirá que o tradutor escolha o sinônimo que achar mais apropriado para transpor a obra e as "intenções" do autor, mesmo sabendo que, "em cada palavra, em cada frase, em cada ênfase de um romance há quase sempre uma segunda intenção secreta que só o autor conhece", como afirma Gabriel García Márquez num ensaio intitulado "Os pobres tradutores bons".

É claro que o tradutor não é apenas "o macaco do romancista", como disse François Mauriac, mas "seu cúmplice", segundo Gabriel García Márquez. Parece-me que Galindo é, muitas vezes, cúmplice e coautor, daí reformular totalmente o título de um dos contos, como o acima citado, porém, às

[5] Um dos episódios de *Ulisses*.

vezes, opta também por fazer uma versão menos aliterante do que original, trilhando um caminho mais convencional.

Finn's Hotel é uma pequena amostra do *Work in progress*, como Joyce chamava seu novo romance ainda sem título, o qual daria origem, em 1939, ao exuberante *Finnegans Wake*. Lembro que Joyce via cada capítulo do *Wake* como uma história independente, cada capítulo valeria por si só, de modo que o romance seria feito de pequenos (ou grandes) contos, os quais não apresentam títulos.

T. S. Eliot afirmou que Joyce matara o século XIX, expondo a futilidade de todos os estilos, e, assim, teria destruído seu próprio futuro, pois não teria sobrado nada mais para ele escrever a respeito. Mas sobrou alguma coisa, *Finnegans Wake* e seu embrião *Finn's Hotel*, sem contar as histórias que deixou em carta para o seu neto, Stephen, e muitos manuscritos ainda não decifrados.

A TRADUÇÃO E A ADAPTAÇÃO DE *FINNEGANS WAKE* PARA CRIANÇAS BRASILEIRAS[1]

Finnício riovém (Rio de Janeiro: Editora Lamparina, 2004), uma adaptação para o público infantojuvenil do romance *Finnegans Wake*, de James Joyce, assinada pelo tradutor e escritor Donaldo Schüler, motivou as minhas reflexões sobre as relações entre a literatura para adultos e a literatura para crianças.

Se *Finnegans Wake* é uma obra para adulto, sabe-se que ela se fundamentou, entre tantas outras obras, em dois livros para crianças, *Alice no país das maravilhas* e *Através do espelho*, de Lewis Carroll.

Não por acaso, *The books at the Wake* (Os livros do *Wake*), de James S. Atherton, uma das mais importantes referências sobre as alusões literárias em *Finnegans Wake*, dedica um capítulo ao estudo da relação entre o último romance de Joyce e a obra de Carroll.

Segundo Atherton, parte das inovações linguísticas e dos recursos estilísticos utilizados por Joyce em *Finnegans Wake* é na verdade criação original de Lewis Carroll, ou provém de técnicas usadas por ele, que o autor irlandês aproveitou e desenvolveu posteriormente, como, por exemplo, a palavra-valise, uma invenção de Carroll, como já falei, e o trocadilho, um importante procedimento também muito utilizado por ele para descrever o mundo onírico.

Em ensaio anterior, discorri sobre a palavra-valise de Carroll e de Joyce, de modo que neste ensaio restrinjo-me a falar apenas do trocadilho, que é um jogo de palavras

[1] Retomo aqui algumas reflexões que já havia feito no ensaio "Tudo de Joyce para crianças brasileiras", que integra o livro de minha autoria *Pequena biblioteca para crianças:* um guia de leitura para pais e professores (São Paulo: Iluminuras, 2013).

semelhantes no som, mas com significados diferentes; por isso, em vez de elucidar, geram sentidos múltiplos.

O escritor irlandês também vai lançar mão desse recurso estilístico. E, assim como ocorre na obra de Carroll, os trocadilhos de Joyce dividem a narrativa em dois textos, transformando simultaneamente uma ideia em outra.

Além das palavras-valise e dos trocadilhos, o escritor irlandês recorreu também a outros "truques verbais" criados por Lewis Carroll, como, por exemplo, a inversão das letras de uma palavra e a "*Word Ladder*" — Escada de Palavra —, que consiste, como explicou o próprio Carroll, na união de duas palavras da mesma extensão, a partir da interposição de outras palavras, "cada uma diferindo da anterior apenas em uma letra".

Afora esse diálogo no nível do vocabulário entre Carroll e Joyce, pode-se descobrir ainda outras analogias importantes entre as obras de ambos.

Martin Gardner, estudioso da obra de Carroll, chama a atenção, por exemplo, para o fato de *Sílvia e Bruno* e *Finnegans Wake* começarem no meio de uma sentença, que nunca se completa.

Muito embora a obra e o estilo de Carroll ecoem por todo *Finnegans Wake*, certamente nenhuma criança se sentirá tentada a ler espontaneamente esse intrincado romance, ou encontrará nele alguma semelhança imediata com os livros de Lewis Carroll. Do mesmo modo, dificilmente algum adulto ousará pensar, em sã consciência, não ser ele próprio, mas as crianças, o público-alvo do escritor irlandês.

Foi preciso esperar, assim, quase um século para que a obra para adultos de Joyce retornasse a uma de suas origens: a literatura infantil.

Em 2004, foi publicada no Brasil, como disse no início, uma versão para crianças do quase ilegível e sempre enigmático *Finnegans Wake*, sob o título *Finnício riovém*. Quem assina o livro (desconheço existir uma versão infantojuvenil equivalente em inglês ou em qualquer outra língua) é Donaldo Schüler, tradutor do citado romance joyciano.

Na versão para crianças de *Finnegans Wake*, ambientada mais no Rio de Janeiro do que em Dublin (cidade onde transcorre o romance de Joyce), as 628 páginas da narrativa original estão concentradas em 127, divididas em 21 capítulos, todos acrescidos de títulos. Sabe-se que *Finnegans Wake* se estende por 17 capítulos, os quais sempre foram publicados, por decisão do autor, sem título ou identificação numérica.

Se quisermos resumir de forma bastante sucinta o enredo da narrativa de Donaldo Schüler, podemos dizer que se trata de um diálogo entre Xem, Xom e Isolda (Shem, Shaun e Issy, segundo o texto do escritor irlandês), filhos dos protagonistas de *Finnegans Wake*, H.C.E. (Humphey Chimpden Earwicker ou Here Comes Everybody) e Anna Livia. A partir dessa estrutura dialógica, a versão de Donaldo recupera alguns dos mais importantes truques verbais de Carroll e de Joyce, como, por exemplo, as palavras-valise e os trocadilhos, citados acima.

No tocante à palavra-valise, ela já aparece no título do livro: "Finnício", nome do "herói" da narrativa, significa "fim" e "início", e "riovém", que acompanha o nome do protagonista, indicando uma ação, conjuga o substantivo "rio" e o verbo "vir". Outras palavras-valise aparecem ao longo do texto, como, por exemplo: solpatos (que contém as palavras sapatos e sol), lavadoidas (que engloba as palavras lavadeiras e doidas), showrava (que conjuga as palavras show e chorava) etc.

Em *Finnícius riovém*, porém, a referência à obra de Carroll não se evidencia somente na linguagem, como expus acima. Na página 28 do seu romance infantil, por exemplo, Schüler faz uma referência direta ao escritor inglês, apontando-o como fonte.

No que se refere ao aproveitamento da linguagem específica de *Finnegans Wake*, Donaldo mantém de certo modo no seu livro a mescla de línguas existente no romance de Joyce. Em *Finnício riovém*, duas línguas, a portuguesa e a espanhola, são as mais evidentes, mas encontramos também o inglês, o francês o italiano etc.

Donaldo recria igualmente alguns dos famosos *sound-senses* (palavras formadas pela associação de inúmeras letras, cujo sentido é mais bem apreendido numa leitura em voz alta, como tenho enfatizado) de *Finnegans Wake*, como, por exemplo, o som do trovão, que dá início à narrativa joyciana. Em *Finnício riovém*, todavia, o estrondo do trovão aparece na metade do romance.

Também em *Finnício riovém* o tradutor de Joyce reaproveita fragmentos narrativos e recursos estilísticos de sua tradução completa para adultos de *Finnegans Wake*. Desse modo, lendo a segunda versão, encontramos passagens comuns às duas "recriações" de Schüler.

Embora concebido para crianças, *Finnício riovém* conserva algumas passagens obscuras do romance de Joyce, além de inevitáveis citações e alusões históricas, literárias e filosóficas.

No tocante à narrativa, o livro de Schüler reconta alguns dos mitos mais evidentes de *Finnegans Wake* (lembro que os mitos universais são outra fonte do romance).

Nesse romance, além dos mitos universais, também as fábulas tradicionais foram recontadas por Joyce ao longo do seu enredo circular.

Quanto às fábulas, o escritor irlandês subtrai em seu romance a moral do texto de Esopo. Donaldo, contudo, a recupera e a inclui em quase todos os seus capítulos de *Finnício riovém*, na forma de um preceito moral.

Caberia concluir, por fim, que são muitas as semelhanças e as diferenças entre *Finnegans Wake*, de James Joyce, e *Finnício riovém*, de Donaldo Schüler. Mas, conforme esclarece Xem, personagem da versão de Donaldo:

"— Eu não disse que quero modelo para fazer igual. Quero modelo para fazer diferente".

O DIABO DE JAMES JOYCE

James Joyce deixou uma obra variada que inclui poesia, teatro, contos, ensaios e romances, entre eles *Finnegans Wake* (seu texto mais radical) e *Ulisses*, seu romance mais famoso, cujo personagem principal, Leopold Bloom, é homenageado mundialmente no dia 16 de junho (dia em que se passa o romance, em 1904), data que ficou conhecida como Bloomsday (dia de Bloom). Talvez o que poucos saibam é que Joyce também escreveu alguns contos infantis, entre eles, "O gato e o diabo".[1]

Em 1936, enquanto ainda redigia *Finnegans Wake* (1939), seu último livro, no qual ele trabalhou cerca de 17 anos, Joyce escreveu um pequeno conto para o seu neto Stephen, que tinha então quatro anos de idade. O conto, enviado por carta a Stephen, narrava a história de um certo diabo que fez um pacto com o prefeito de uma cidadezinha do interior da França, chamada Beaugency. Joyce não deu título à história, a qual, porém, ficou conhecida como "O gato e o diabo".

Um conto infantil de um autor que nasceu na Irlanda, berço de clássicos do horror, como *Drácula* (1887), de Bram Stocker, e *O retrato de Dorian Gray* (1891), de Oscar Wilde, e cujo protagonista é o diabo, quase impõe que seja lido como uma narrativa gótica tradicional. Mas, no conto joyciano, por todas as características que o texto apresenta, a literatura gótica clássica dá lugar à literatura gótica cômica, como se verá.

Segundo Noël Carroll, "o gênero do horror, que atravessa muitas formas de arte e muitas mídias, recebe seu

[1] Outros dois contos de Joyce para crianças são: "Os gatos de Copenhague" e "Os macaqueiros de Zurique", todos eles, assim como o primeiro, já publicados em português.

nome da emoção que provoca de modo característico ou, antes, de modo ideal; essa emoção constitui a marca de identidade do horror".[2]

A emoção, mencionada por Noël Carroll, diz respeito ao sentimento do personagem —também do leitor/espectador — ao entrar em contato com o "Outro", com o estranho, com monstros ou com seres terríveis, que são vistos como violações da natureza, "tão repulsivas e repugnantes que muitas vezes provocam nos personagens a convicção de que o mero contato físico com elas pode ser letal".[3] Portanto,

> [...] a reação afetiva do personagem com o monstruoso nas histórias de horror não é simplesmente uma questão de medo, ou seja, de ficar aterrorizado por algo que ameaça ser perigoso. Pelo contrário, a ameaça mistura-se à repugnância, à náusea e à repulsa. E isso corresponde também à tendência que os romances e as histórias de horror têm de descrever os monstros com termos relativos a imundície, degeneração, deterioração, lodo etc., associando-os a essas características. Ou seja, o monstro na ficção de horror não é só letal como também — e isso é da maior importância — repugnante.[4]

De fato, nas histórias de horror, os monstros são descritos como seres impuros, imundos, os quais muitas vezes estão em estado de putrefação ou deterioração, "são feitos de carne morta ou podre, ou de resíduo químico, ou estão associados com animais nocivos, doenças ou coisas rastejantes",[5] como observa Noël Carroll, razão pela qual eles são tão perigosos quanto arrepiantes. Vale lembrar que a palavra "horror" deriva do latim "*horrore*", que significa ficar em pé ou eriçar, e do francês antigo "*orror*", que pode ser traduzido como eriçar ou arrepiar. De acordo com o estudioso, convém ressaltar, no entanto, que "a concepção

[2] Carroll, Noël. *A filosofia do horror ou paradoxos do coração*. Campinas: Papirus, 1999, p. 30.
[3] Ibid., p. 38.
[4] Ibid., p. 39.
[5] Ibid., p. 39.

original da palavra a ligava a um estado fisiológico anormal (do ponto de vista do sujeito) de agitação sentida".[6]

Mas, se no gótico clássico os monstros provocam repugnância e pavor, no gótico cômico, segundo Avril Horner e Sue Zlosnik, "o estranho e o sobrenatural são usados, poderíamos afirmar, não para assustar e aterrorizar, mas para divertir, estimular e excitar a curiosidade".[7]

No conto "O gato e o diabo", de James Joyce, a figura do diabo parece provocar muito mais o riso do que propriamente medo.

Diferente dos seres dos contos do gótico clássico, o diabo joyciano não causa repulsa nem nojo, já que, como o texto sugere, ele é bem-apessoado e vaidoso, vestindo-se com cuidado, com o mesmo cuidado, aliás, com que o prefeito da cidadezinha francesa, que é o oponente do diabo, veste-se: "ele [o diabo] se arrumou e foi fazer uma visita ao prefeito de Beaugency, que se chamava Sr. Alfred Byrne. O prefeito, como o próprio diabo, também gostava muito de se arrumar".

No conto joyciano, além disso, o diabo é um ser ingênuo, tão ingênuo que é passado para trás pelo prefeito da cidade. Num pacto com o diabo, o prefeito lhe promete um cidadão de Beaugency, mas na hora de cumprir o prometido, o prefeito lhe dá um gatinho. O diabo, apesar de esbravejar, leva consigo o bichano, por quem demonstra muito apreço, falando agora não em inglês, como no resto do conto, mas em francês com sotaque irlandês: "*Viens ici, mon petit chat! Tu as peur mon petit chou-chat? Tu as froid, mon petit chou-chat? Viens ici, le diable t'emporte! On va se chauffer tous les deux*" ("Vem aqui, meu gatinho. Você está com medo, meu amorzinho? Está com frio, meu amorzinho? Vem aqui, o diabo te carrega! Vamos nos esquentar, nós dois juntinhos" (tradução da autora, como as demais

[6] Ibid., p. 41.

[7] Punter, David (org.). *A companion to the gothic.* Malden: Blackwell Publishers, 1999, p. 243.

que se seguem). Desse modo, além de ingênuo, o diabo demonstra no final ter bom coração, indo de encontro à índole natural dos gênios do mal.

Vale ainda lembrar que o diabo não fala como uma pessoa normal. Como o próprio Joyce fez questão de frisar ao final do conto, o diabo utiliza "uma língua própria, chamada diababelês, que ele inventa por aí, mas, quando fica muito furioso, pode expressar-se num francês muito ruim, contudo, aqueles que o escutaram, garantem que ele tem um forte sotaque de Dublin".

No conto de Joyce, a imagem grotesca do ser demoníaco é substituída, então, por uma imagem ridícula, como ocorre, aliás, com a imagem dos monstros no chamado gótico cômico.

Apesar de os monstros e os seres sobrenaturais serem condição necessária nas narrativas de horror, sabe-se que essa condição não é suficiente. Monstros e seres sobrenaturais existem, como lembra Noël Carroll, "em todo tipo de histórias — como contos de fadas, mitos e odisseias — que não estamos propensos a identificar como de horror".[8] Desse modo, "um indicador do que diferencia as obras de horror propriamente ditas das histórias de monstros em geral são as respostas afetivas das personagens humanas das histórias aos monstros que os assediam",[9] lembrando que as respostas emocionais do público acompanham aquelas dos personagens. Como já se falou anteriormente, os monstros são, nas obras de horror puro, vistos pelos personagens e pelo público como seres anormais, como perturbações da ordem natural, mas em outras obras, os monstros são percebidos com certa naturalidade, ou seja, eles "fazem parte do mobiliário cotidiano", como afirma o mesmo estudioso, pois essas criaturas não são mais extravagantes do que um leão ou uma serpente.

[8] CARROLL, op. cit., p. 31.
[9] Ibid., p. 32.

Decerto, no conto de Joyce, o diabo não ameaça mais do que um bicho do mato, sobretudo se ele tiver como oponente um prefeito astuto. Sua presença, portanto, não causa horror (o horror acompanhado da náusea e do pânico), apenas amedronta os personagens: "Todo mundo correu até a ponte e olhou para o outro lado. Lá, do outro lado, estava o diabo, à espera da primeira pessoa que ousasse atravessar a ponte. Mas, com medo do diabo, ninguém ousou atravessá-la".

Por fim, no que se refere ao gótico cômico, pode-se pensar, numa primeira leitura, que seus textos visam apenas à diversão; no entanto, opinam estudiosos, eles também "tratam de questões profundas relativas à crença e à identidade, enquanto permitem aos seus leitores um alcance de imparcialidade propiciada pelo uso do cômico".[10]

No tocante à questão da identidade em "O gato e o diabo", trata-se muito mais de uma identidade cultural do que de uma identidade de gênero (masculino e feminino). O diabo encarna a figura do estrangeiro ou do exilado, que fala uma língua própria: um francês ruim, com sotaque de Dublin, por isso ele não se faz entender.

O conto joyciano retoma, assim, um tema central da obra do escritor, que é a condição do expatriado, seus conflitos sociais e políticos. "O gato e o diabo" não difere, desse modo, muito de sua obra para adultos e talvez seja, no fundo, mais uma tentativa de contar um pouco da história de seu país, dessa vez ao seu neto. Não sem razão, o prefeito do conto tem o nome de um personagem real da história irlandesa, Alfred Byrne, o primeiro prefeito de Dublin após a independência da Irlanda, em 1922, que até então havia sido colônia britânica. Antes de se tornar prefeito, Byrne foi várias vezes o mediador entre o povo irlandês e o governo britânico.

[10] Punter, op. cit., p. 243.

Segundo Richard Ellmann, Joyce acreditava que "todos nós criamos, pelo menos em parte, as situações que sofremos e o espírito que nos faz propensos a sofrer. Todos nós, exilados da terra prometida, voltamos a ela em vão".[11] Assim, "O gato e o diabo", como um texto gótico cômico, encerra também conotações políticas.

Para concluir, sabe-se que o gótico cômico dialoga com obras do gótico clássico, mas isso nem sempre acontece ou é obrigatório nesse tipo de literatura.

Joyce e seu neto Stephen.

[11] Ellmann, Richard. *Ao longo do riocorrente*: ensaios literários e biográficos. São Paulo: Companhia das Letras, 1991, p. 57.

JAMES JOYCE E A IRLANDA

James Joyce afirmava que o romance *Ulisses* (1922) reunia as melhores palavras possíveis do inglês ao melhor tema possível irlandês. Essa não é, entretanto, uma característica exclusiva de *Ulisses*: diria que é, antes de tudo, uma característica da sua obra em geral, que inclui, além da ficção e da poesia, os escritos estéticos e políticos e as cartas.

Quanto ao tema irlandês em *Ulisses*, ele se revela logo no início do romance, quando Buck Mulligan afirma que, para o inglês Haines, na Irlanda todos deveriam falar irlandês:

> — Ele é inglês, Buck Mulligan disse, e acha que a gente devia falar irlandês na Irlanda./ — Claro que devia, a velha disse, e eu tenho vergonha que eu não falo. Me disseram que é uma grande língua, gente que sabe o diz./ — Grande não é a palavra, disse Buck Mulligan [...] (tradução de Caetano Galindo).

A língua irlandesa, ou a sua sombra, ou memória, é, aliás, um tema sempre presente na obra de Joyce, e parece pulsar, fantasmagórica, sob a fala dos seus personagens, que embora se expressem em inglês, podem também ter forte sotaque irlandês, como diria o escritor. O fato é que o modo de falar dos irlandeses mereceu a atenção de Joyce, que procurou recriá-lo, ou reinventá-lo, à sua maneira. Em 1907, Joyce escreveu um ensaio intitulado "Irlanda, ilha de santos e sábios",[1] um tributo à civilização irlandesa, no qual ele tece o seguinte comentário sobre a língua de seu país:

> A língua irlandesa, embora pertença à família indo-europeia, difere do inglês quase tanto quanto a língua que se fala em Roma difere daquela que se fala em Teerã. Tem um alfabeto

[1] Os ensaios de James Joyce podem ser lidos no livro *De santos e sábios* (São Paulo: Iluminuras, 2012).

> com caracteres especiais e uma história de quase três mil anos. Dez anos atrás, era falada apenas por camponeses das províncias ocidentais da costa atlântica e por alguns no sul, assim como nas pequenas ilhas que se colocam como piquetes da vanguarda europeia à frente do hemisfério ocidental. Agora a Liga Gaélica [fundada em 1893] revitalizou seu uso. Todos os jornais irlandeses, com exceção dos periódicos unionistas, tem pelo menos uma manchete impressa em irlandês. A correspondência das principais cidades é escrita em irlandês, a língua irlandesa é ensinada na maioria das escolas primárias e secundárias, e nas universidades foi colocada no mesmo nível de outras línguas modernas, tais como o francês, o alemão, o italiano e o espanhol. Em Dublin, o nome das ruas está escrito em ambas as línguas. A Liga organiza concertos, debates e reuniões sociais nos quais o falante do *beurla* [isto é, do inglês] sente-se como um peixe fora da água, perdido no meio de uma multidão que tagarela numa língua áspera e gutural. Nas ruas, frequentemente se veem passar grupos de jovens que falam entre si em irlandês, talvez com mais ênfase do que o necessário. Os membros da Liga escrevem uns para os outros em irlandês, e frequentemente o pobre carteiro, incapaz de ler o endereço, precisa recorrer ao seu superior para desatar o nó (tradução da autora).

No mesmo ano, 1907, Joyce escreveu outro ensaio, "A Irlanda no Tribunal", em que a questão linguística ganha destaque especial. Nesse texto, o escritor discute o julgamento de um irlandês pela corte inglesa, numa pequena cidade do interior da Irlanda. Muito embora os membros da corte não falassem ou entendessem o idioma irlandês, nem o réu falasse inglês, ele foi considerado culpado e condenado por um crime que até hoje não se sabe ao certo se ele realmente cometeu. O ensaio diz o seguinte:

> Alguns anos atrás houve um impressionante julgamento na Irlanda. Num lugarejo isolado, chamado Maamstrasna, numa província do oeste, foi cometido um assassinato. Quatro ou cinco cidadãos, todos membros da antiga tribo dos Joyces, foram presos. O mais velho deles, o septuagenário Myles Joyce, era o principal suspeito. A opinião pública que naquela época o supunha inocente hoje o considera um mártir. Nem o velho nem os outros acusados sabiam inglês. A corte de justiça teve

> que recorrer aos serviços de um intérprete. O interrogatório, efetuado por meio do intérprete, foi alternadamente cômico e trágico. De um lado estava o intérprete, excessivamente cerimonioso, e do outro o patriarca de uma miserável tribo pouco familiarizada com os hábitos civilizados e que parecia estupefato com toda a cerimônia judicial. O magistrado disse:
>
> "Pergunte ao acusado se ele viu a senhora naquela noite". A pergunta lhe foi feita em irlandês e o velho começou uma explicação complicada, gesticulava muito e apelava aos outros acusados e suplicava aos céus. Então ele se acalmou, esgotado desse esforço, e o intérprete dirigiu-se ao magistrado e disse:
>
> "Excelência, ele afirma que não".
>
> "Pergunte se ele estava nas proximidades naquele momento". O velho começou novamente a falar, a protestar, a gritar, quase fora de si, aflito por não ser capaz de entender ou de se fazer entender, chorando de medo e terror. E o intérprete, mais uma vez, secamente:
>
> "Excelência, ele afirma que não".
>
> Quando o interrogatório terminou, o pobre velho foi declarado culpado e enviado a uma corte superior, que o condenou à forca. No dia em que se executou a sentença, a praça na frente da prisão estava lotada de pessoas ajoelhadas, bradando orações em irlandês pelo descanso da alma de Myles Joyce. Contou-se depois que o carrasco, incapaz de se fazer entender pela vítima, chutou de raiva a cabeça do miserável homem, a fim de colocá-la no laço.
>
> A imagem desse velho estarrecido, um remanescente de uma civilização que não é nossa, surdo e emudecido diante de seu juiz, é um símbolo da nação irlandesa no tribunal da opinião pública. Como ele, a Irlanda é incapaz de apelar à moderna consciência da Inglaterra e de outros países (tradução da autora).

O fato é que, em 1160, após a chegada dos primeiros normandos ao país, comandados por Henrique II da Inglaterra, a Irlanda — uma nação celta, que possuía sua própria língua, lei e estrutura social desde o século VI d.C. — perdeu seu idioma nativo e sua cultura.

No tocante à língua dos seus escritos, desde jovem Joyce refletiu sobre a possibilidade de uma língua literária universal, que não fosse nenhuma das línguas conhecidas. Em

1905, o escritor teria declarado: "eu gostaria de uma língua que estivesse acima de todas as línguas, uma língua que todos pudessem utilizar. Eu não me posso expressar em inglês sem me encerrar numa tradição". Joyce parecia convencido de que só poderia escrever a história de seu país quando encontrasse uma língua que se adequasse às experiências irlandesas. Essa língua, segundo a sua concepção estética radical, não seria o inglês, idioma do povo que dominou por tantos anos a Irlanda, nem mesmo o irlandês, língua perdida entre tantas outras que foram faladas e esquecidas ao longo da história de sua terra natal.

Em *Finnegans Wake* (1939), último romance de Joyce, os personagens falam certamente "inglês", mas com inegável sotaque de Dublin. Aliás, quando se discute o uso do inglês no *Wake*, alguns estudos dão indícios de que Joyce teria tentado "destruir" ou "fragmentar" a língua inglesa como uma forma de protesto político. O estudioso irlandês Seamus Deane opina que "*Finnegans Wake* é a resposta de Joyce a um problema irlandês. Está escrito numa língua fantasma, sobre figuras ilusórias: a história é assombrada por eles [...]. Se a Irlanda não pode ser ela mesma, em compensação, o mundo pode se tornar a Irlanda".[2] Além disso, na Irlanda, a recuperação da língua através dela mesma ou do inglês (se isso não é paradoxal) — era uma necessidade psicológica e cultural.

Até no seu primeiro conto infantil, "O gato e o diabo", Joyce lança mão da mescla de línguas e de sotaques, pois o narrador usa o inglês, enquanto o diabo, embora se expresse em francês, tem, segundo o autor, forte sotaque dublinense. Nessa breve narrativa Joyce recorre ainda a palavras inventadas e não deixa de lado as alusões históricas e biográficas. Portanto, também em "O gato e o diabo" a questão irlandesa aflora, por meio, sobretudo, das figuras do

[2] DEANE, Seamus, "Joyce the Irishman". In: ATTRIDGE, Derek (org). *The Cambridge companion to James Joyce*. Cambridge: Cambridge University Press, 1997, p. 50.

diabo e do prefeito. O prefeito do conto, que, a propósito, se chama Alfred Byrne, assemelha-se a um político irlandês homônimo que, na época em que a Irlanda ainda não era independente e estava sob o controle do governo britânico, era conhecido por atuar tanto no governo britânico quanto no irlandês. Byrne (1882-1956) foi também o primeiro prefeito de Dublin depois da independência da Irlanda.

O posicionamento político de Joyce, na verdade, é inseparável dos seus escritos ficcionais e ensaísticos, e aparece igualmente nas cartas. Na opinião de Seamus Deane, na Irlanda, ser um escritor era, num sentido muito específico, um problema linguístico. Mas era também um problema político. Levar em conta, portanto, essa questão regional, a "questão irlandesa", que é essencialmente política, parece hoje muito relevante para se "entender" Joyce, um autor que, no século XXI, poderia ser denominado de "pós-colonialista", por oposição ao Joyce mais neutro e eminentemente formalista, consagrado pela crítica do passado.

Apesar da clareza do posicionamento político de Joyce em numerosas páginas de sua lavra, somente no início dos anos 1960, particularmente na França, é que começaram a aparecer os primeiros estudos sérios e importantes devotados especificamente aos aspectos políticos da obra do escritor irlandês. Em 1975, Phillipe Sollers opinou:

> Acreditou-se ingenuamente que Joyce não tinha nenhuma preocupação política porque nunca disse ou escreveu nada sobre o assunto numa *língua franca*. A mesma velha história: arte de um lado, opiniões políticas do outro, como se houvesse um *lugar* para opiniões políticas — ou para qualquer coisa que diga respeito a esse assunto.[3]

Nas últimas décadas do século XX, um número expressivo de estudos propôs-se a desvendar a dimensão política da obra do escritor irlandês James Joyce. Assim, uma ideia

[3] HAYMAN, David; ANDERSON, Elliott (orgs.). *In the Wake of the Wake*. Madison: Madison University Press, 1977, p. 108. Grifo do autor.

recorrente, em boa parte desses ensaios, é a de que muitas das qualidades revolucionárias, das inovações linguísticas e literárias de Joyce podem estar relacionadas com a sua compreensão de expropriação ideológica, étnica e colonial. Ao sustentarem essa opinião, esses textos apontam como Joyce escrevia em oposição às pretensões culturais imperialistas britânicas do seu tempo.

Alguns estudiosos afirmam ainda que a vocação literária do jovem Joyce teria se manifestado exatamente num período que pode ser chamado de "desilusão" nacionalista. Pouco depois da morte do político irlandês Charles Stewart Parnell, Joyce, então com nove anos, escreveu seu primeiro poema, intitulado "*Et tu, Healy*", em homenagem ao líder irlandês. Não há nenhuma cópia de "*Et tu, Healy*", mas se conhece uma declaração de Stanislaus Joyce, irmão do escritor, a respeito do poema. Segundo Stanislaus, o poema era uma "diatribe" contra o suposto traidor, Tim Healy, que informou à ordem dos bispos da igreja católica o envolvimento de Parnell com uma mulher casada, Katherine O`Shea, e, por isso, se tornou um inimigo mortal de Parnell.

Caberia aqui mencionar que Parnell poderia ser associado, como a crítica especializada costuma fazer, a Humphrey Chimpden Earwicker, H.C.E., o protagonista de *Finnegans Wake*. Como Parnell, H.C.E. é acusado de cometer um crime de natureza sexual, ou como se lê no romance: "haver-me havido com incavalheiridade imprópria oposto a um par de deliciosas serviçais" (tradução de Donaldo Schüler). Além disso, tal como o líder irlandês, que foi acusado de mandar matar os líderes ingleses Lord Frederick Cavendish e Thomas Burke, no Parque Phoenix, também H.C.E. é acusado de envolver-se numa briga com um assaltante, ou com a polícia local, no mesmo parque. Como é fácil perceber, as ressonâncias políticas dessa passagem, retirada do intrincado *Finnegans Wake*, são dignas de consideração e iluminam, a meu ver, o posicionamento político de seu autor.

No ensaio "A sombra de Parnell", o próprio Joyce analisa a importância política desse líder paradoxal, cuja influência sobre o povo irlandês, como o escritor afirmou, "desafia as análises". A certo momento, Joyce declara o seguinte a respeito desse herói "improvável":

> Parnell tinha um defeito de fala e uma constituição delicada; ignorava a história de sua pátria e seus discursos breves e fragmentados careciam de eloquência, de poesia e de humor; sua atitude fria e formal o separava de seus próprios colegas; era protestante, descendente de uma família aristocrata e, para piorar as coisas, falava com inconfundível sotaque inglês. Era comum chegar com uma hora ou uma hora e meia de atraso a reuniões, e sem pedir desculpas. Passava semanas inteiras sem dar atenção à sua correspondência. O aplauso e a ira da multidão, os insultos e os elogios da imprensa, as acusações e o apoio dos ministros britânicos, nada disso perturbava a melancólica serenidade do seu caráter. Afirma-se que sequer conhecia de vista a maior parte daqueles que se sentavam ao seu lado nos bancos irlandeses. Quando o povo irlandês lhe ofereceu, em 1887, uma doação nacional de 40 000 libras esterlinas, ele colocou o "cheque" na carteira, e no discurso que pronunciou ante a imensa multidão não fez a menor alusão ao presente que havia recebido (tradução da autora).

O fato é que o nacionalismo político irlandês ganha inegável importância e atinge seu ápice com a campanha pela independência do país, liderada justamente por Charles Stewart Parnell, conhecido como "o rei sem coroa" da Irlanda. No ensaio "A sombra de Parnell", ainda lemos que:

> Parnell reuniu em torno de si todos os elementos vivos da Irlanda e iniciou sua campanha, mantendo-se à beira da insurreição. Seis anos depois de sua entrada em Westminster tinha nas mãos o destino do governo. Foi preso, mas na sua cela em Kilmainham selou um pacto com os próprios ministros que o encarceraram. Ao fracassar a tentativa de chantagem contra Parnell, após a confissão e o suicídio de Pigott, o governo liberal

> lhe ofereceu uma pasta ministerial. Mas Parnell não apenas a recusou, como também ordenou a todos os seus seguidores que recusassem igualmente qualquer função ministerial, e proibiu os municípios e as instituições públicas irlandesas de receberem oficialmente qualquer membro da casa real inglesa até que o governo da Inglaterra devolvesse a autonomia à Irlanda. Os liberais tiveram de aceitar essas condições humilhantes, e em 1886 Gladstone leu o primeiro projeto de "Home Rule" [Estatuto de Autonomia] em Westminster (tradução da autora).

Entretanto, depois da queda política de Parnell — acusado, pelos ingleses, de ter-se envolvido com uma mulher casada, Katharine O'Shea, como já disse —, e da sua morte repentina, ocorrida em 1891, a luta pela independência do país foi perdendo o ímpeto e ficou praticamente "esquecida" por alguns anos. Afinal, como se lê no referido ensaio de Joyce: "Durante 27 anos, ele tomou a palavra e promoveu agitações."

Todas essas decepções dos nacionalistas marcaram um novo período na história irlandesa, o da estagnação política. Essa experiência histórica foi descrita por Joyce em diferentes textos de ficção, bastaria por ora citar, por exemplo, o romance de formação *Um retrato do artista quando jovem* (1916) ou os contos "Os mortos" e "Dia de hera na lapela", de *Dublinenses* (1914), ou ainda o romance *Ulisses* (1922), no qual nome de Parnell é citado reiteradas vezes.

Joyce, contudo, não culpou os ingleses por essa situação política tão desfavorável à Irlanda livre, mas os próprios irlandeses, a quem responsabilizou pelo destino trágico de Parnell. Segundo Joyce, no ensaio citado acima, "no último e mais desesperado apelo aos seus compatriotas, [Parnell] implorou para que não o lançassem aos lobos ingleses que uivavam ao seu redor. Em honra dos irlandeses devemos admitir que eles não ficaram surdos a esse apelo desesperado. Não o jogaram aos lobos ingleses: eles mesmos o dilaceraram".

Esse caráter "frágil" dos irlandeses é mencionado pelo escritor em algumas cartas que escreveu à sua mulher Nora Barnacle. Numa das cartas ele diz o seguinte: "Quando eu era mais novo, eu tinha um amigo [J. F. Byrne], com quem ficava à vontade — às vezes mais, às vezes menos do que me sinto com você. Ele era irlandês, isso diz tudo, ele era falso" (tradução de Sérgio Medeiros e da autora).

Num outro ensaio, "O *Home Rule* atinge a maioridade" (1907), Joyce relata outra atitude pouco coerente de seus conterrâneos:

> Durante esse período [Parnell] obteve 35 milhões de francos de seus adeptos, e o único fruto da sua agitação foi o aumento das taxas irlandesas, que saltaram para 88 milhões de francos, enquanto a população do país decrescia em um milhão de indivíduos. Os deputados, por sua vez, engordaram seu próprio patrimônio, apesar de pequenos incômodos, como alguns meses na prisão e algumas sessões longas na Câmara. Filhos de cidadãos comuns, de mascates e advogados sem clientes, tornaram-se síndicos bem-pagos, diretores de fábricas e casas comerciais, donos de jornais e grandes proprietários de terra. Só deram prova de seu altruísmo em 1881,[4] quando venderam seu líder, Parnell, para a consciência farisaica dos dissidentes ingleses, sem exigir as trinta moedas de prata (tradução de Sérgio Medeiros).

Para avaliarmos corretamente o alcance dessa visão tão crítica de Joyce, penso ser necessário lermos outro ensaio, "O cometa do *Home Rule*", de 1910, em que ele insere um comentário ácido a respeito do caráter dos irlandeses:

> O fato de a Irlanda desejar fazer causa comum com a democracia britânica não deve surpreender nem iludir ninguém. Por sete séculos, ela jamais foi súdita fiel da Inglaterra. Por outro lado, tampouco tem sido fiel a si mesma. Entrou nos domínios ingleses sem realmente integrar-se neles. Abandonou quase totalmente sua língua e aceitou a língua do conquistador, sem ser capaz de assimilar sua cultura nem adaptar-se à mentalidade de

[4] Na verdade, Parnell foi deposto em dezembro de 1890.

> que essa língua é o veículo. Traiu seus heróis, sempre nas horas difíceis e sempre sem receber recompensas por isso. Obrigou seus criadores espirituais a exilar-se, unicamente para depois se ufanar deles. Serviu fielmente a um patrão apenas, a igreja católica romana, a qual, porém, costuma pagar seus fiéis a prazo.
>
> Que aliança duradoura pode haver entre esse estranho povo e a nova democracia anglo-saxônica? Os jornalistas que hoje falam disso tão ardorosamente logo perceberão (se já não o fizeram) que entre os nobres ingleses e os operários ingleses existe uma misteriosa comunhão de sangue, e que o tão estimado Marquês de Salisbury, um refinado cavalheiro, falava não apenas em nome de sua casta, mas também de toda a sua raça, quando disse: "Deixem os irlandeses cozinharem no seu próprio sangue" (tradução da autora).

De acordo com os biógrafos do escritor, Joyce nutria por seu país sentimentos contraditórios, indo da admiração à rejeição. No ensaio "O dia da plebe", de 1901, por exemplo, Joyce afirmou desdenhosamente que o teatro irlandês deve ser "considerado propriedade da plebe da mais atrasada raça da Europa".

Em 1909, dois anos depois de escrever o ensaio "Irlanda, ilha de santos e sábios", um belíssimo texto em que aflora todo o seu lado "nacionalista", Joyce voltou a Dublin para uma rápida visita (nessa época o escritor morava em Trieste) e declarou o seguinte, numa carta endereçada à mãe de seus filhos e futura esposa, Nora Barnacle:

> Eu sinto orgulho em pensar que meu filho [...] será sempre um estrangeiro na Irlanda, um homem falando uma outra língua e educado numa tradição diferente.
>
> Eu odeio a Irlanda e os irlandeses. Eles me olham na rua pensando que eu nasci entre eles. Talvez eles percebam meu ódio em meus olhos. Não vejo nada em nenhum lado, a não ser a imagem do sacerdote adúltero e seus criados e mulheres mentirosas e maliciosas (tradução de Sérgio Medeiros e da autora).

Em outra carta a Nora, escrita logo depois, ele afirma estar "farto de Dublin! [...], cidade do fracasso, do rancor e da infelicidade. Eu anseio sair daqui".

Mas o fato é que Joyce nunca se separou da sua cidade natal, como todos os seus leitores bem o sabem, ao menos na sua imaginação, por isso Dublin e a sua língua, ou línguas, o inglês real e o gaélico fantasmagórico, estão sempre presentes na sua obra ficcional e nos demais escritos de sua autoria: "se Dublin algum dia for destruída, ela poderá ser reconstruída a partir das páginas dos meus livros", ele declarou orgulhosamente na época em que escrevia *Ulisses*.

Martello Tower, Dublin.

Apêndice
ENTREVISTA COM FRITZ SENN

Em fevereiro de 2015, entrevistei Fritz Senn, curador da Fundação James Joyce de Zurique, Suiça, e especialista na obra de James Joyce. A tradução é de Sérgio Medeiros.

DWA — Hermético, obscuro, complexo: eis alguns adjetivos muito usados para se referir a *Ulisses*. Como o leitor comum pode lidar com isso?
FS — Tudo isso é verdade, mas não totalmente. Complexo, sem dúvida, e obscuro em certas partes. Um universo hermético, seguramente, mas não impenetrável, como o termo sugeriria, ao não revelar que é também acessível e em muitos casos muito humano, em harmonia com as experiências do dia-a-dia. Os primeiros três episódios, "Proteu" em particular, parecem de fato amedrontadores, mais depois, com Bloom, o livro avança mais facilmente, de modo intermitente.

DWA — Que conselho você daria ao futuro leitor de *Ulisses*? Você teria uma estratégia de leitura para o romance?
FS — Estratégia não, mas algum conselho. O livro não pode ser lido rapidamente, toma tempo e tem um andamento vagaroso. Dê a ele o máximo de atenção que você puder, dê atenção aos detalhes, é isso. Não se sinta desencorajado com passagens que você não compreende nem desista de ler por causa de passagens difíceis. Não entender as coisas é a norma na vida, não a exceção. Algumas coisas se esclarecem depois. A melhor ferramenta é um bom dicionário. Primeiro procure você mesmo os significados, e depois passe para

o comentário, se você precisar dele. Comentários fornecem dados concretos, mas também opiniões. São úteis, não imposições gratuitas.

DWA — Segundo Jean-François Lyotard, *Ulisses* é um título que confunde. Embora Joyce relacione o título do seu romance à *Odisseia*, criando, inclusive, a partir do enredo homérico, um esquema estrutural para o seu próprio livro, se seguirmos essa correspondência entre as duas obras, diz Lyotard, vamos acabar por enumerar mais diferenças entre os dois livros do que semelhanças. Como você vê isso?
FS — O título *Ulisses* é enganoso, mas também acrescenta outra dimensão, se você quiser. Ele sugere um curso. Sim, há mais diferenças do que similaridades entre as duas obras. Joyce fez um uso seletivo e autônomo dessa aproximação. Comparações podem proporcionar algum tipo de compreensão. Estou envolvido numa infrutífera campanha contra o uso de um termo que Stuart Gilbert infelizmente introduziu – o enganoso termo "homérico": as correspondências são raramente diretas, frequentemente acontece o inverso, são caprichosas, e por isso mais estimulantes. Se você não as achar úteis, ignore-as e siga em frente sem se importar com elas.

DWA — Os críticos tendem a considerar Leopold Bloom um cidadão comum, mas, na opinião de Nabokov, "não é verdade que a imaginação de um cidadão comum se recreie constantemente em pormenores fisiológicos". Para Nabokov, Bloom estaria "no limite da sua própria demência". Como você vê o protagonista de *Ulisses*?
FS — Não conheço nenhum caso de demência. Bloom parece ser comum no sentido de que ele representa pelo menos alguns de nós, é um objeto de empatia. (Nada original!)

DWA — Como diz Milan Kundera, o "grande microscópio" de Joyce sabe parar, reter o instante fugidio e fazer com que o vejamos. Joyce analisaria o momento presente, que é o mais palpável e tangível, mas também o que nos escapa completamente. No plano da linguagem, como isso é feito?
FS — Só concordo parcialmente, pois os momentos não são assim tão parados, já que, sob o escrutínio microscópico, ainda se movem, como o "*panta rhei*" (o conceito de que tudo flui, de Heráclito), sintaticamente passageiros. *Ulisses* não se imobiliza, na minha opinião. Eu o vejo como algo incessante, um *perpetuum mobile*. O monólogo interior é frequentemente pré-gramatical.

DWA — Quais teriam sido as maiores dificuldades para transpor *Ulisses* para outras línguas?
FS — A tradução literal é uma atividade que beira o limite, na melhor das hipóteses. Em Joyce, há simplesmente mais coisas em jogo, não apenas no plano quantitativo, mas, sobretudo, no qualitativo ou dinâmico. Poderia descrever isso como uma questão de efeitos secundários, de padrões sonoros, de ecos, de referências cruzadas, de ressonâncias, de sobreposições semânticas, de significados múltiplos. (Evito cuidadosamente o termo "trocadilho" — pois ele é meramente uma subseção.) A cada momento há inevitavelmente mais aspectos a tratar, assim as traduções têm que ser redutoras.

DWA — Duas cartas e um cartão postal que Joyce enviou ao seu neto Stephen se transformaram, em alguns países, inclusive no Brasil, em livros para crianças. O que você acha dessa iniciativa de aproximar Joyce do público infantil, servindo-se dessas cartas?
FZ — Joyce usava essas cartas talvez apenas para entreter seu neto, elas são contos de fadas a seu modo, Joyce estava

instintivamente atingindo o tom certo para crianças. Se era uma iniciativa intencional, eu não sei. Um dos paradoxos joycianos é que a segunda carta deveria — inevitavelmente — ser chamada de "Os gatos de Copenhague", quando a questão é que não há nela nenhum gato.

there are no policemen. All
the Danish policemen pass
the day at home in bed. They
smoke big Danish cigars and
drink buttermilk all day
long. There are lots and
lots of young boys dressed
in red on bicycles going
around all day with telegrams
and letters and postcards.
These are all for the policemen
from old ladies who want
to cross the road and boys
who are writing home

Copenhagen: 5.9.36
My dear nipotino, alas! I
cannot send you a Copenhagen
cat because there are no cats
in Copenhagen. There are lots
and lots of fish and bicycles
but there are no cats. Also

want to know something about
the moon. The policemen read
them all in bed, smoking all
the time and drinking buttermilk.
and then they give their orders
and the red boys go back and
tell everybody just what to
do.
When I come to Copenhagen
again I will buy a cat and
show the Danes how it can
cross the road without any
instructions from a policeman
and it will be much cheaper
(think of that!) for a cat
to show them what to do. Just
fancy a cat staying in bed all
day smoking cigars! And as
for buttermilk! No cat would
drink it at all. And then there is

Carta de James Joyce para seu neto com a história "Os gatos de Copenhague".